GW01417367

# Paula y el amuleto perdido

Concha López Narváez
Rafael Salmerón

*Primera edición: febrero 2003*
*Cuarta edición: julio 2005*

Dirección editorial: Elsa Aguiar
Colección dirigida por Marinella Terzi

Ilustraciones de Rafael Salmerón

© Concha López Narváez y Rafael Salmerón, 2003
© Ediciones SM, 2003
    Impresores, 15
    Urbanización Prado del Espino
    28660 Boadilla del Monte (Madrid)
    www.grupo-sm.com

Centro de Atención al Cliente
Tel.: 902 12 13 23
Fax: 91 428 65 97
e-mail: clientes.cesma@grupo-sm.com

ISBN: 84-348-9381-9
Depósito legal: M-23725-2005
Impreso en España / *Printed in Spain*
Imprenta SM

Queda prohibida, salvo excepción prevista en la Ley, cualquier forma
de reproducción, distribución, comunicación pública y transforma-
ción de esta obra sin contar con la autorización de los titulares de
su propiedad intelectual. La infracción de los derechos de difusión
de la obra puede ser constitutiva de delito contra la propiedad intelectual (arts. 270 y ss. del Código Penal). El Centro Español de
Derechos Reprográficos vela por el respeto de los citados derechos.

*Para Dolores María Álvarez Díez de Ulzurrun*
*que en los campos de la literatura*
*hace camino al andar.*

# 1 *El refugio secreto*

PAULA vivía con sus padres en una vieja y solitaria casa de campo. Quizá fuera demasiado grande y antigua, no muy cómoda y bastante difícil de calentar en invierno; pero Paula no quería ni pensar en que un día pudieran dejarla para irse a vivir a algún cómodo piso en la cercana ciudad de Toledo.

La valla de la finca en la que estaba situada la casa iba a dar a una estrecha carretera por la que casi no pasaban coches. Al otro lado de esa carretera había un encinar y una gran explanada de tierra rojiza. A unos doscientos o trescientos metros del encinar, cruzando la explanada, se alzaba un castillo, medio derribado, que tenía más de ocho siglos.

Algunas veces, después de pasear por la finca, Paula saltaba la valla y se dirigía a su refugio secreto, que estaba justo en el encinar. Se trataba de un montecillo de rocas, rodeado de encinas muy apretadas. Era un lugar estupendo, porque desde él podía ver sin que la vieran a ella.

Cierta mañana de primavera del año 2000, Paula saltó la valla y se dirigió al refugio.

Poco después, tumbada sobre una roca plana, contemplaba el viejo castillo y pensaba en las palabras que su padre le decía con bastante frecuencia:

«Míralo, Paula, qué triste y abandonado está el pobre. Y pensar que hace, por ejemplo, ocho siglos en él viviría muchísima gente... Gente que sería feliz, o desgraciada, cualquiera sabe; que se casaría y tendría muchos hijos, o viviría muy sola... Pero toda esa gente pisaría la misma tierra que pisamos, vería los mismos montes que vemos y oiría el rumor de las aguas del mismo río que nosotros oímos... Y el puente romano ¿quiénes lo construirían?... Por supuesto, entonces el castillo no existiría. ¿Te imaginas este lugar sin el castillo? Y ¿sin el puente? Porque antes de la llegada de los romanos el puente tampoco estaría. Ni castillo, ni puente... Y sin embargo el lugar seguiría siendo el mismo. ¿Lo has pensado, Paula? El mismo cielo, los mismos montes, el mismo río. ¡Sería estupendo poder ver cómo fue cambiando todo!... ¿No te gustaría saltar hacia atrás en el tiempo y contemplar lo que sucedió aquí hace ocho, veinte o más siglos?»

¡Claro que a Paula también le gustaría poder retroceder al pasado! Sería realmente maravilloso.

«¿Existiría este refugio hace ocho, veinte o más siglos? ¿Lo habría descubierto alguien?... ¡Ay, cómo me gustaría saber lo que pasó aquí mismo hace mucho, mucho tiempo!», pensaba la niña con la mirada perdida en el horizonte, mientras sus dedos acariciaban la roca plana sobre la que estaba tumbada. De repente tuvo la sensación de no estar sola. No era que hubiera oído o visto algo; pero sentía que había unos ojos clavados en su espalda. No sabía por qué, no hubiera podido explicárselo; sin embargo era una sensación clara y muy, muy inquietante. Tanto que no se atrevía ni a moverse.

«Son imaginaciones mías; mamá tiene razón, mi fantasía siempre anda suelta», se dijo para tranquilizarse; pero no eran imaginaciones: había alguien más en el refugio. Alguien que ya no estaba a su espalda, sino a su lado, rozándola casi. No podía ver su cuerpo ni su cara porque estaba tumbada sobre la roca; pero, justo a la altura de sus ojos, unos enormes pies avanzaban sin hacer ruido.

El corazón de Paula comenzó a latir con tanta fuerza que le hacía daño en el pecho. Nunca había sido miedosa; pero estaba sola en el refugio, en mitad del campo, y con un hombre muy grande, o al menos eso parecía por el tamaño de los pies. «¿Qué querrá? ¿Cómo no lo he oído llegar...? ¿Por qué no dice nada? ¿Cuáles serán sus intenciones?», se preguntaba mientras un largo escalofrío recorría su cuerpo. Y de pronto lo oyó: tenía una voz profunda; pero no apagada ni bronca.

—Si no te levantas, no podrás saber quién soy.

Paula comenzó a moverse lentamente sin apartar la mirada de las enormes sandalias que calzaba el hombre. Cuando al fin se alzó, sus ojos se abrieron de par en par contemplando al ser más extraño que hubieran visto jamás.

Era muy viejo; pero no estaba encorvado ni parecía débil como la mayor parte de los ancianos. Al contrario, su alto cuerpo se mantenía tan derecho como un pino y, aunque delgado, era fuerte. Tenía el pelo y la barba largos y muy blancos; sin embargo sus ojos eran oscuros, brillantes y vivos. Con todo, lo más extraordinario de él eran sus ropas. Vestía una especie de túnica que llegaba hasta el borde de sus sandalias. Era de color verde oscuro y estaba hecha de un tejido extraño. No parecía lana, ni hilo ni seda ni ninguna otra fibra conocida. Y lo mismo sucedía con sus sandalias. No eran de cuero, ni de lona ni de esparto ni de goma... ¿De qué eran?

—Mi túnica y mis sandalias están hechas de hierba. Sí, de pasta de hierba... Al principio, no había otra cosa –explicó el anciano, adivinando sus pensamientos.

«¿Al principio? ¿Al principio de qué?...

Y ¿cómo sabía aquel hombre lo que ella pensaba?»

—Naturalmente me refiero al principio de todos los principios, al momento en el que se inició la vida vegetal sobre la tierra, cuando aún no existían animales ni hombres –dijo el anciano respondiendo de nuevo a las mudas preguntas de Paula.

Ella, que lo miraba sin parpadear, se sentía confusa y sorprendida: ¿Qué era lo que estaba sucediendo? ¿Quién sería el extraño ser que tenía delante?

—Deseas saber quién soy, ¿no es cierto? –preguntó él.

Realmente no había nada que deseara más; pero estaba tan perpleja que no podía pronunciar una palabra.

—¿Quieres o no quieres saberlo?

Paula afirmó con la cabeza, y entonces el anciano dijo algo extraordinario, increíble:

—Soy el Guardián del Tiempo, el encargado de recordar todo lo que ya ha sucedido. No hay nada que yo olvide, ni lo que sucedió ayer ni lo que sucedió hace miles de años.

Los labios de Paula temblaron y sus asom-

brados ojos comenzaron a girar dentro de las órbitas. ¿Qué decía aquel viejo?... «Estoy dormida; tengo que estarlo. Me he dormido y ahora sueño», pensaba.

—No sueñas –afirmó el anciano.

«Pues si no sueño, él está loco», pensó la niña.

—Ni tú sueñas ni yo estoy loco –añadió aquel hombre singular.

Paula se sentía cada vez más aturdida: verdaderamente aquel anciano, que decía cosas tan disparatadas, también podía leer sus pensamientos.

—¡Todos! –afirmó el Guardián del Tiempo, y enseguida añadió–: Quieres saber lo que sucedió en este mismo lugar hace varios siglos, ¿no es cierto?

Durante unos segundos se hizo el silencio, hasta que el anciano dijo:

—En eso pensabas cuando he aparecido.

El corazón de Paula latía con tanta fuerza que la niña llegó a temer que se rompiera dentro de su pecho. Pero el anciano la miraba sonriente:

—¿Quieres saberlo?

Paula intentó decir algo; sin embargo sus palabras continuaban sin sonido.

El anciano, que seguía sonriéndole, habló sin esperar respuesta:

—Bien, haré retroceder el tiempo para ti. Pon atención porque vas a ver cosas que sucedieron en este mismo lugar cierto día de primavera; pero hace, más o menos... ¡cuarenta y cinco siglos!

De pronto Paula recuperó la voz. Una voz sorda y extraña que no parecía la suya:

—¿Cuarenta y cinco siglos? –exclamó entrecortadamente.

—Cuarenta y cinco siglos, o lo que es lo mismo, cuatro mil quinientos años.

—¡Dios mío! ¡Oh, Dios mío! –susurró Paula, sin saber todavía si estaba dormida o despierta.

El anciano la miró afablemente con ojos entre pícaros y amables y, después de una corta pausa, comenzó a hablar.

## 2 Nan

—CIERTO día de primavera de hace cuarenta y cinco siglos, un niño, muy asustado, que se llamaba Nan, se dirigía precisamente hacia aquí –explicó el anciano.

—¿Hacia mi refugio? –preguntó Paula con voz asombrada. Aún no podía creer que lo que estaba sucediendo fuera real; pero, a pesar de eso, se sentía ansiosa de oír lo que el extraño anciano había empezado a contarle.

—Entonces era su refugio. También se ocultaba aquí cuando deseaba estar solo –dijo él.

—¿De verdad mi refugio era su refugio. Es decir, este mismo refugio, con las mismas rocas y las mismas encinas?

—Las encinas, por supuesto, no eran las mismas, aunque bien podían parecerlo; pero las rocas sí lo eran. En esa piedra plana sobre la que te gusta tumbarte es en la que se tumbaba Nan.

—Y ¿de dónde venía ese niño?... ¿Era un salvaje? –preguntó Paula cada vez más interesada.

—Venía de su poblado, y no era un salvaje. Quizá sus costumbres fueran algo primitivas; sin embargo no lo eran ni su inteligencia ni sus sentimientos –dijo el anciano, y calló unos segundos; pero los impacientes ojos de Paula le pidieron que continuara–. Hace unos cuatro mil quinientos años, a unos ochocientos metros, tomando por la derecha del castillo, había un pequeño poblado de cabañas –siguió diciendo el Guardián del Tiempo–. Estaban construidas con troncos recubiertos de barro; el techo era de ramas, y en la parte inferior, junto al suelo, tenían un zócalo de piedra.

»De piedra eran también la mayor parte de los instrumentos de la gente que allí vivía: hachas, cuchillos, azadas... aunque tenían algunos objetos de arcilla: cuencos, vasos, cucharas... Además, empezaban a conocer los metales, como por ejemplo el cobre, el oro y la plata.

»Su vida era muy sencilla: cazaban y pescaban para comer; pero también sembraban algunos cereales y ya tenían animales domésticos.

—¿Y Nan? ¿Quién era Nan?... ¿Vivía en ese poblado?... –preguntó Paula, interrumpiendo al anciano.

—Justamente, y, como te he dicho antes, una mañana de primavera, tan azul y soleada como la de hoy, estaba muy, muy asustado.

—¿Por qué?

—Vas a saberlo enseguida, porque Nan ya viene hacia aquí.

—¿Ahora? ¿Viene hacia aquí ahora?... Pero eso es imposible.

—No lo es, Paula, porque el tiempo ha retrocedido para ti y ya no estás en el siglo veinte. Te he dicho que podrías ver cosas que ocurrieron hace muchos siglos, y eso es lo que está a punto de suceder. Por favor, mira al frente.

Paula miró al frente y su corazón se puso a latir muy deprisa... Al frente casi todo parecía igual que siempre: los montes a lo lejos, los encinares, las margaritas y las amapolas, el rumor de las aguas del río... Sin embargo, algo había cambiado:

—¡El castillo! ¿Qué ha pasado? ¿Dónde está el castillo? –preguntó ahogando un grito.

—Te repito que hemos saltado cuatro mil quinientos años hacia atrás... Por lo tanto, falta mucho para que construyan el castillo –respondió el anciano con una sonrisa.

—¿Y el puente romano? ¿Está el puente sobre el agua? –quiso saber Paula levantándose de un salto con la intención de correr hacia el río.

—Tampoco está construido el puente; pero calla, porque Nan está a punto de llegar –dijo el Guardián del Tiempo.

Paula volvió a sentarse, y solo entonces cayó en la cuenta de que ya no llevaba vaqueros, zapatillas de deporte y jersey de cuello alto, sino un extraño vestido corto hecho de piel curtida; también de piel eran las botas que calzaba...

Miró al anciano con ojos de asombro y

este le respondió con una sonrisa que quería decir: «¿Qué pensaría Nan si de pronto te viera vestida con vaqueros y zapatillas de deporte?».

La desconcertada Paula iba a decir algo; pero el Guardián del Tiempo se puso un dedo en los labios, pidiendo silencio.

Casi enseguida alguien apartó algunas de las ramas de las encinas que rodeaban el refugio, y los ojos de Paula se cruzaron con los sorprendidos ojos de un niño. Era muy moreno y vestía con pieles curtidas, de forma muy semejante a como ella misma vestía entonces.

Debía de tener su edad, o quizá algo menos. «Once años...», pensó Paula.

El niño, además de sorprendido, parecía contrariado. Sus ojos oscuros se ensombrecieron y en su boca se marcó un gesto de desánimo.

Después de un primer gesto de sorpresa, comenzó a retroceder...

—Espera un poco, Nan, no te vayas todavía –dijo el anciano, y el niño se detuvo en seco.

—¿Quién eres tú, que me conoces sin que yo te conozca? –preguntó con asombro.

—Hace algún tiempo pasé por el poblado. Tú eras pequeño, por eso no me recuerdas. Has crecido mucho desde entonces, vas a ser un hombre muy grande, Nan.

En los labios del niño se dibujó una ligera sonrisa.

—¿Habéis venido de muy lejos? –preguntó.

Paula iba a contestar que no, que vivía allí mismo; pero el anciano se le adelantó y, apresuradamente, dijo:

—Ya sabes que no hay ningún otro poblado cerca. Aunque camines desde que sale el sol hasta que sale la luna, no conseguirás llegar a donde vivo.

—¿Entonces tu poblado está mucho más allá de las montañas? –preguntó Nan avanzando unos pasos.

Paula observó que en sus ojos se encendía una pequeña luz.

El anciano no tuvo tiempo de responder.

—¿Eres de esos que nos traen brillantes adornos del color del sol, de la luna o del cielo cuando atardece? –preguntó de nuevo el niño aproximándose a ellos.

Paula no sabía a qué se refería.

—Adornos de oro, plata y bronce –le aclaró rápidamente y en voz baja el anciano.

—¿Tienes entre ellos algún amuleto que puedas darme? –volvió a preguntar Nan, y su voz temblaba de ansiedad–. A cambio yo te daría... te daría ¡todo lo que tengo! Y cazaría y pescaría para ti mientras quisieras... Y ¡leche!, también te daría leche...

—¿Para qué necesitas tú un brillante amuleto si ya llevas uno sobre el pecho? –preguntó el Guardián del Tiempo mirándolo a los ojos.

Nan no pudo sostenerle la mirada y, clavando la suya en el suelo, se llevó las manos ansiosamente al cuello.

—Yo no veo que tenga nada sobre el pecho –dijo Paula.

—Lo tiene; pero lo oculta bajo sus ropas. ¿Por qué no nos lo enseñas, Nan? –dijo el anciano dando unos pasos hacia delante.

El niño retrocedió asustado, y Paula advirtió que en sus ojos había asombro, temor y también cierta vergüenza.

—No puedes ocultarlo demasiado tiempo. Alguien acabará viéndolo, por eso no quieres regresar al poblado –continuó diciendo el anciano.

A las palabras del Guardián del Tiempo siguió un largo y hondo silencio. El angustiado Nan continuaba con la mirada en el suelo, y aunque sus labios se movían, no conseguía pronunciar una sola palabra.

El anciano lo miraba comprensiva y cariñosamente. Sin embargo, él no parecía darse cuenta de ello.

El silencio era tan pesado que Paula pensó que no iba a poder soportarlo. Estaba decidida a decir algo, cualquier cosa, con tal de romperlo; pero, al fin, el Guardián del Tiempo continuó dirigiéndose a Nan:

—¿Qué vas a hacer, Nan...? Te gustaría huir; pero eres pastor, y los pastores ni abandonan sus ganados ni los ponen en peligro. No puedes dejar a tus cabras ni tampoco esconderte en los montes con ellas. Hay lobos, y otros grandes y feroces animales... Los montes son peligrosos, sobre todo por las noches, y tú lo sabes, Nan...

En los ojos del niño, el asombro, el temor y la vergüenza se fueron convirtiendo en desesperación.

Paula estaba desconcertada y no acababa de entender por qué el anciano hablaba de aquella forma.

## 3  El viejo Nuk

—QUIZÁ nosotros podamos ayudarte –dijo el Guardián del Tiempo, y su voz sonaba tan amable y amistosa que en los desesperados ojos de Nan volvió a brillar algo de esperanza.

El anciano lo animó con una sonrisa, y el niño, con manos temblorosas, acabó mostrando lo que ocultaba bajo sus ropas.

Era una pequeña pieza de bronce que colgaba de una estrecha cinta de piel. Paula pensó que parecía un búho de enormes ojos.

—Pero ese no es tu amuleto –dijo el Guardián del Tiempo, y las manos que sostenían el colgante temblaron con mayor violencia.

«¿Cómo lo sabes?», preguntaron los asombrados ojos del niño.

—Porque lo vi hace tiempo sobre el pecho

del viejo Nuk. ¿Cómo es que Nuk no lo lleva ahora? –preguntó el anciano.

—¡Yo no se lo he robado! –exclamó Nan con voz aún más temblorosa que sus manos.

—Lo sé, Nan, el viejo Nuk te lo prestó cuando perdiste el tuyo.

El asombro del niño fue tanto que sus ojos se redondearon como si fueran dos pequeñas lunas llenas.

—Lo sabe todo, él lo sabe absolutamente ¡todo! –susurró Paula, y el anciano la interrumpió con rapidez:

—Sé muchas cosas porque soy viejo y he tenido demasiado tiempo para aprender a pensar –dijo dirigiéndose tanto a ella como a Nan, luego sus palabras continuaron siendo solo para el niño–. Era tu primer día de pastoreo. Por fin tu padre te había confiado las ocho cabras y los dos cabritillos, y tú marchabas tras ellos orgulloso y contento. De cuando en cuando agitabas una vara en el aire para que las cabras supieran que eras tú el que mandaba; pero también les silbabas suavemente para que marcharan tranquilas. A los cabritillos los acariciabas y, a veces, hasta los cogías entre los brazos... ¿Me equivoco, Nan?

El admirado Nan negó con la cabeza y el Guardián del Tiempo continuó:

—Al lado del río te encontraste con Nuk. Miraba saltar las aguas y contemplaba los vuelos de los pájaros. Era muy viejo, apenas podía hacer otra cosa. Cuando te vio, sus ojos se iluminaron recordando el ya lejano día en el que él también salió con sus cabras por primera vez. Te sonrió, y te detuviste un momento a su lado. Fue entonces cuando te diste cuenta de que tu amuleto había desaparecido.

»El viejo Nuk te ayudó a buscarlo; pero no pudisteis encontrarlo.

»Tú estabas muy preocupado, y el viejo lo sabía: ¿Cómo iba un pastor a conducir su rebaño sin un amuleto que lo protegiera de los peligros y le diera suerte? ¿Y si un cabritillo se despeñaba? ¿Y si las cabras comían malas hierbas? ¿Y si aparecían lobos, o un oso...?

Paula hizo un gesto de asombro.

—¡Osos! –exclamó sin poder contenerse.

—Sí, osos, y toros, y caballos salvajes... Ya

sabes, los hay en todos estos montes... –dijo el anciano haciendo un gesto a la niña para que recordara que en los lejanos tiempos en los que se encontraban las cosas eran completamente distintas. Después continuó, dirigiéndose a Nan–: En todo eso pensabas, ¿no es cierto?

El cada vez más asombrado niño afirmó con la cabeza.

—Y no podías volver a casa para ver si habías olvidado allí el amuleto, porque en ese caso tu padre pensaría que eras un muchacho muy descuidado y, por tanto, aún no estabas listo para ser pastor –prosiguió el anciano–. Entonces fue cuando Nuk te prestó su amuleto... Seguramente te diría que él casi no lo necesitaba. ¿Qué peligros podían acecharle al lado del río, que está tan cerca del poblado?... Además, no hacía otra cosa que pensar en el pasado, y los peligros del pasado no dañan a nadie. ¿Te dijo eso, Nan...?

Nan volvió a afirmar con un gesto.

—También te diría que, mientras tú cuidabas de las cabras, él seguiría buscando tu amuleto, y que, si no lo encontraba, haría para ti otro igual que el que tenías, o incluso mejor...

El anciano Guardián del Tiempo se detuvo nuevamente y sonrió a Nan, que lo miraba perplejo.

—Ya te he dicho que lo sabía todo. Hasta lo que piensas sabe –exclamó Paula.

—No es muy difícil saber lo que piensa y siente un niño cuando pierde algo que tiene mucho valor para él, ni lo que siente y piensa un hombre viejo y bueno cuando lo ve sufrir por eso –añadió el Guardián del Tiempo, y volvió a dirigirse a Nan–: Pero el viejo Nuk no encontró tu amuleto, ni pudo hacerte ningún otro; tampoco tú pudiste devolverle el suyo.

—No pude –gimió Nan.

El anciano se acercó más a él, acarició su pelo oscuro y alborotado y dejó caer suavemente su mano sobre uno de sus hombros.

—No pude porque... –comenzó a explicar el niño.

—No pudiste porque Nuk ha muerto –interrumpió el anciano y enseguida añadió–: Lo sé, porque si estuviera vivo, habría buscado tu amuleto o habría hecho otro para ti. Yo lo conocía bien. Sé que sus palabras eran verdaderas y siempre cumplía sus promesas, solo la muerte podía impedírselo...

Gruesas lágrimas comenzaron a caer por las mejillas de Nan.

—No fuiste tú el culpable de que Nuk muriera –dijo el anciano después de un corto silencio–. Era muy viejo, Nan, la muerte andaba buscándolo desde hacía tiempo, podía haberlo encontrado en cualquier momento.

—Pero lo encontró precisamente hace dos días. Fue por mi culpa. Si él hubiera tenido su amuleto, ella no se lo habría llevado... –sollozó el niño con total desconsuelo.

Paula lo miraba con compasión; sentía que un nudo de tristeza le oprimía la garganta y tenía que hacer grandes esfuerzos para que sus lágrimas no escaparan también.

«¿Qué podemos hacer para ayudarle?», preguntó al anciano con la mirada.

«Dejar que su pecho se desahogue», le respondió él, también sin palabras.

Poco a poco el llanto de Nan se fue apagando.

—Habla, Nan, si quieres. Debes saber que si alguien comparte tus penas, estas se vuelven más ligeras –dijo el Guardián del Tiempo con dulzura.

El niño levantó los ojos, lo miró tristemente, y después miró a Paula.

Ella sonrió para animarle.

Él aún parecía desconcertado; sin embargo, como el peso que agobiaba su corazón era tan grande, tras unos momentos de duda comenzó a hablar.

## 4 *Nan cuenta su historia*

—Cuando regresé con las cabras, el viejo Nuk no estaba junto al río –empezó a decir. Su voz sonaba apagada y débil; pero poco a poco se fue aclarando–. Entonces me dirigí hacia el poblado. Iba con paso rápido y aún estaba tranquilo. «Me esperará junto al cercado donde se recogen las cabras», me dije a mí mismo. Y luego me pregunté si habría podido encontrar mi amuleto o me habría hecho otro parecido. De todas formas, era casi lo mismo, un amuleto es siempre un amuleto. Lo que yo quería era lucirlo sobre mi pecho lo más pronto posible y devolverle el suyo.

»Pero el viejo Nuk tampoco me esperaba junto al cercado. Entonces comencé a inquietarme, y mucho más me inquieté cuando vi que casi todos los miembros de nuestro poblado estaban reunidos a la puerta de la casa del viejo. Aún no sabía lo que había sucedido; pero marchando hacia allá, mis piernas se volvían cada vez más lentas y débiles. Al llegar ante su choza, pensé que no podrían sostenerme. Los niños y algunas mujeres lloraban, y los hombres hablaban entre ellos con rostros serios o elevaban la cabeza hacia lo alto, como buscando consuelo en la diosa Luna, que todavía no había aparecido.

»Mi corazón estaba ya enloquecido cuando mi hermano menor corrió hacia mí y dijo entre lágrimas: «¡El viejo Nuk ha muerto! Nuestro buen Nuk ya no habla ni oye... ¿Y sabes por qué? Porque perdió su amuleto. La negra muerte andaba por las orillas del río y, como lo ha visto viejo y sin protección, se ha acercado de puntillas y de un soplo ha apagado la llama de su vida. Eso ha dicho nuestro padre, y también el padre de mi amigo Tako».

Al llegar a este punto a Nan se le rompió la voz, de modo que tuvo que hacer una pausa. Paula entonces tomó una de sus manos y el Guardián del Tiempo acarició una vez más su cabeza. El niño los miró agradecido y, tragándose las lágrimas, continuó hablando:

—Eso de que el viejo Nuk había muerto porque la negra muerte lo sorprendió sin su amuleto no lo decía solo mi hermano, mi padre o el padre de Tako, lo decían todos. Cualquiera que se me acercaba me decía lo mismo, y también decían algo más: «Ha muerto muy de mañana, lo han encontrado las mujeres al acercarse al río para coger agua... ¿Lo viste tú cuando marchabas con las cabras? ¿Te fijaste si tenía entonces su amuleto? Es tan raro que lo haya perdido, él que era tan cuidadoso...». Todo esto y más cosas me decían... Pero yo apenas los escuchaba, únicamente podía pensar en que Nuk había muerto por mi causa... Ciertamente él era cuidadoso y yo no lo era, y, por no serlo, la traicionera muerte se lo había llevado... ¡La culpa es mía! –casi gritó, otra vez ahogado por la tristeza.

—No, no lo es, Nan –dijo el Guardián del Tiempo–. Es verdad que los amuletos protegen de los peligros; pero no siempre. ¿Recuerdas cuando murió Tokán, el joven cazador? Él llevaba su amuleto; sin embargo aquel enorme oso lo hirió tan gravemente que su mirada se apagó antes de que el dios Sol se retirara para dejar su lugar a la diosa Luna.

»¿Y de qué le sirvió su amuleto al fuerte leñador que talaba árboles en el bosque cuando el toro salió de improviso de entre los robles y lo corneó? Murió allí mismo, ¿no es cierto, Nan?

»¿Y el viejo Malko? ¿Lo recuerdas? A pesar de sus años era un hombre alegre y animoso; nunca enfermaba ni le dolía nada. Parecía que aún iba a vivir mucho tiempo, y sin embargo no fue así: una noche se acostó hablando y tan contento, y cuando el nuevo día nació, sus ojos y sus labios permanecieron cerrados. También él tenía su amuleto.

Los llorosos ojos del niño se animaron unos instantes para volver a nublarse casi inmediatamente.

—Pero... –susurró pesaroso, y enseguida dudó, porque no sabía si continuar hablando. Por fin hundió la cabeza en el pecho y decidió no hacerlo.

—Pero, además de la tristeza por la muerte de Nuk, tú tienes otros pesos en el corazón –dijo el Guardián del Tiempo tomándolo por la barbilla.

Nan no dijo una palabra; pero sus ojos hablaron por sí mismos.

—Y uno de esos pesos es que no has encontrado tu amuleto. Todavía no te atreves a desprenderte del de Nuk, porque si lo hicieras te quedarías sin protección; pero temes que alguien del poblado pueda verlo. Si lo vieran, todos acabarían acusándote de la muerte del viejo. Y además hay otro peso aún mayor que agobia tu espíritu. Es ese que no te deja dormir ni comer desde hace dos días...

El Guardián del Tiempo guardó silencio y entonces se desató por completo la desesperación de Nan. El niño se dejó llevar por ella y, echándose sobre una roca, comenzó a golpearla con los puños, mientras todo su cuerpo temblaba sacudido por incontenibles sollozos.

Paula miró asustada al anciano Guardián del Tiempo, y este volvió a hablar de nuevo:

—Tu corazón no tiene consuelo porque el

cuerpo de Nuk está en la Casa de los Muertos; pero su espíritu aún no descansa. Al lado del viejo han puesto todas sus cosas más queridas: su arpón de pesca con la punta de sílex, su arco y sus flechas, su hacha de piedra bien pulida, el cuenco de cerámica en el que comía... Han cubierto su cuerpo con hermosas pieles de ciervo y han puesto flores sobre su cabeza; pero de su cuello no cuelga su amuleto, y por ello el espíritu del buen Nuk no puede abandonar su cuerpo para volar, libre y feliz, al desconocido lugar en el que viven los otros espíritus. Es eso lo que más te atormenta, ¿no es cierto, mi pequeño Nan?

El pobre Nan movió desesperado la cabeza, y el Guardián del Tiempo se dirigió a él de nuevo:

—Si pudieras, irías a la Casa de los Muertos y devolverías a Nuk lo que es suyo. De ese modo su espíritu podría al fin descansar. Pero no te atreves, y mucho menos sin la protección de un amuleto...

Otra vez se hizo el silencio; nada se oía en el refugio secreto, sino los sollozos de Nan.

Paula seguía sin saber qué hacer ni qué decir para consolarlo. De repente sus ojos brillaron y con manos rápidas y alegres se quitó la cadena de plata que llevaba al cuello:

—Toma, te regalo mi amuleto –exclamó extendiendo la mano para enseñarle la cadena y el escarabajo de metal azul que colgaba de ella.

Nan levantó la cabeza y miró, maravillado, la mano abierta de Paula.

—Anda, póntelo, yo no lo necesito –insistió ella. Pero el niño dudaba.

Nan no acababa de decidirse, porque pensaba que, si lo aceptaba, quizá la negra muerte se llevaría a la niña, lo mismo que antes se llevó a Nuk. Pero de pronto Paula dijo algo sorprendente:

—Tómalo, Nan, toma mi amuleto, yo tengo otros muchos.

—¿Otros muchos? –preguntó Nan admirado.

—Sí, muchísimos más.

—¿Y dónde están?

—En mi casa –respondió Paula con natu-

ralidad pensando en los muchos colgantes y cadenas que, de verdad, tenía.

Al oírla, los ojos de Nan volvieron a nublarse.

—Pero tu casa está lejos, más allá de las altas montañas. Tardarías mucho en regresar. No, no puedes permanecer tanto tiempo sin amuletos.

Paula buscó rápidamente una solución y, sin pensarlo demasiado, alargó hacia el niño una de sus manos.

—¡Pero algunos de mis amuletos están aquí! –exclamó mostrándole los dos aros de plástico rojo que lucía en uno de sus dedos.

Un ¡ooooh! redondo, grande y emocionado estalló en los labios de Nan.

—¡Nunca!, yo nunca había visto un amuleto de dedo, ni siquiera sabía que existieran...

—¡Pues existen! –sonrió Paula.

Entonces sí, entonces Nan aceptó el colgante que ella le ofrecía, y su rostro se iluminó de gozo cuando lo vio brillar sobre su pecho.

—Y ahora, Nan, ya puedes marchar sin

miedo a la Casa de los Muertos –dijo el anciano Guardián del Tiempo.

Nan afirmó con la cabeza; pero Paula advirtió que, a pesar de tener un amuleto que lo protegiera, al niño no parecía agradarle mucho realizar esa visita. Lo comprendía porque tampoco a ella le gustaría marchar sola a lo que se suponía que era un cementerio... Y de repente otra idea comenzó a bullir en su mente: «Sola no, pero ¿y si fuera acompañada?... Ah, eso ya sería otra cosa... Incluso podría llegar a ser una emocionante aventura...».

Paula era aventurera por naturaleza, y además quería ayudar a Nan.

—Vamos, Nan, ¡corre! Tenemos que marchar enseguida a la Casa de los Muertos para que el espíritu del pobre Nuk consiga descansar lo más pronto posible –exclamó tomando al asombrado niño de la mano.

—¿De verdad quieres acompañarme? –preguntó él sin acabar de creer lo que estaba sucediendo.

—¡De verdad! –respondió Paula sin una sola duda.

Los ojos de Nan brillaron de nuevo.

—¡Vamos! –repitió Paula impaciente, y luego preguntó con una pícara sonrisa–: ¿O es que tienes miedo?

—¡Miedo!... ¿Miedo yo?... –exclamó Nan entre escandalizado y ofendido; y enseguida añadió, sonriendo abiertamente–: ¿Cómo voy a sentir miedo si tenemos los mejores amuletos que existen? El tuyo es del color del fuego y el mío del color del cielo cuando los días son hermosos y tranquilos.

## 5  La Casa de los Muertos

EL Guardián del Tiempo dijo que se quedaría al cuidado del pequeño rebaño que pastaba al lado del refugio mientras Paula y Nan estuvieran en la Casa de los Muertos.

—¿Has pensado en llevar antorchas? –preguntó cuando ya se iban–. El lugar es oscuro.

Nan se dio una palmada en la frente como diciendo «¡qué cabeza la mía!».

—Las piedras de hacer fuego sí las llevo –respondió señalando la bolsa de piel que colgaba de uno de sus hombros–. Pero en las antorchas no había pensado.

—Hay ramas de matorrales que arden fácilmente, aunque se consumen pronto –dijo el anciano.

—Sí, se consumen pronto; pero no me atrevo a ir al poblado para coger unas buenas teas untadas de grasa –dijo Nan, y, sacando su cuchillo de piedra afilada, corrió hacia un espeso bosque de enebros enanos.

Regresó rápidamente con un buen haz de ramas. Paula cogió unas pocas para ayudarle. Olían a árbol de Navidad, pero en un momento sus manos se pusieron pringosas. Hizo un gesto de fastidio, y Nan rió alegremente.

Era la primera vez que reía, y al oír su risa la niña sintió que su corazón se ensanchaba.

—Sin resina no servirían de nada –explicó él mientras se ponían en marcha.

—No servirían de nada –repitió ella riendo también.

Sin embargo, a medida que se alejaban, Nan iba sintiéndose más inquieto. Lo que le preocupaba era encontrarse con alguien. ¿Qué iba a responder si le preguntaban hacia dónde se dirigía o por qué dejaba solas a sus cabras...?

Marchaban deprisa. Nan iba mirando de un lado a otro, con los ojos tan abiertos como los de los búhos; se detenía a cada paso y susurraba:

—¡Cuidado!... ¡Espera!... Oigo pasos...

Paula no oía nada; pero comprendía las inquietudes de Nan.

Por fin él pensó que irían más seguros si caminaban por la orilla del río. Pero se equivocaba, porque no habían avanzado mucho cuando tuvieron que ocultarse en un cañaveral.

Escondida entre cañas, Paula contempló interesada a dos hombres que, con el agua a la cintura, pescaban con unos curiosos arpones de largos mangos de palo y afiladas puntas de hueso.

Pero no tuvieron más remedio que abandonar su escondite porque parecía que los pescadores estaban completamente decididos a no salir del río hasta haber conseguido peces para todo el poblado.

—¡Silencio...! –pedía otra vez Nan marchando de puntillas–. ¡Silencio...!

Después caminaron entre robles, ocultándose también, corriendo, sin hacer ruido, de árbol en árbol.

Fue un largo camino de angustias y sobresaltos, hasta que Nan suspiró con alivio y exclamó:

—¡Hemos llegado!

—¿Hemos llegado? –preguntó Paula asombrada porque, por más que miraba, no veía nada que se pareciera a un cementerio. Nada de nada en la verde llanura que se extendía ante sus ojos, nada de nada en el pequeño cerro, también verde, que se alzaba en el centro de ella.

—Sí, hemos llegado –repitió Nan y enseguida comenzó a deshacer el montón de rocas que estaba en un lado del cerro.

—Ayúdame, tenemos prisa –dijo.

Paula empezó también a quitar piedras, aunque no sabía por qué ni para qué lo hacían; pero muy pronto comprendió que el cerro estaba hueco y que el montón de rocas cubría su entrada.

—Es la puerta de la Casa de los Muertos, la tapamos por miedo a los animales –explicó Nan, y se puso a amontonar hojas y ramas secas.

Paula de nuevo no entendía:

—¿Pero no teníamos tantas prisas? –preguntó.

—Son para hacer fuego –le dijo Nan, y,

sacando dos piedras de la bolsa de piel que llevaba al hombro, comenzó a frotar la una contra la otra hasta que saltaron las primeras chispas. Algunas de ellas prendieron en hojas y ramas y fue así como nació un pequeño y alegre fuego.

Paula estaba entusiasmada; pero Nan no quería dejarlo crecer demasiado.

—Pronto, coge la flor del fuego antes de que el humo se eleve y alguien lo vea desde lejos –pidió inquieto mientras acercaba a las llamas una rama de enebro.

Paula hizo lo mismo que él, y en cuanto las dos ramas se encendieron, Nan apagó nerviosamente el fuego que acababa de hacer. Después cogió algunas de las otras ramas que antes había dejado en el suelo.

—Estas se apagarán pronto –explicó poniéndoselas debajo del brazo.

Paula asintió con la cabeza y cogió otras tantas ramas.

Enseguida Nan besó su amuleto y atravesó, con pasos no muy firmes, la entrada de aquello a lo que él llamaba la Casa de los Muertos.

Paula lo siguió con pasos emocionados; pero se detuvo enseguida. Estaba tan asombrada que la antorcha vaciló entre sus dedos: se encontraban en una especie de corredor, muy ancho y bastante alto, que tenía el techo y las paredes recubiertos de enormes losas de piedra. Alguien había tenido que cortarlas, pulirlas y transportarlas hasta allí dentro.

«¡Qué terrible trabajo!», pensó Paula alzando la antorcha.

¡Qué frío hacía!... ¡Y qué hondo era el silencio!... Paula podía oír el sonido de la respiración de Nan y también podía oír los latidos de su propio corazón. Porque de pronto el corazón de Paula se había puesto a latir demasiado deprisa. ¿Quería eso decir que tenía miedo...? Solía ser decidida y valiente, pero aquella silenciosa soledad impresionaba... Miró a Nan y lo vio avanzar, aunque muy lentamente.

El corredor no tendría más de treinta metros; pero la niña pensó que estaban tardando toda una eternidad en recorrerlo.

Por fin desembocaron en una habitación redonda y amplia. A la primera mirada que-

dó claro que se hallaban en la verdadera Casa de los Muertos.

Paula se detuvo, cerró los ojos y ahogó un grito: ¡esqueletos!, ¡había esqueletos por todas partes...! Esqueletos grandes, esqueletos pequeños, de redondas calaveras, con miradas oscuras y vacías.

Tras unos momentos de profundo sobresalto, comenzó a recobrar la calma: «¡Abre los ojos!», se ordenó a sí misma. «¿Qué pensabas encontrar aquí dentro, boba? ¿Qué mal puede hacerte un puñado de huesos? Vamos, ¡abre los ojos! ¡Ábrelos enseguida!»

Cuando los abrió y miró a Nan, observó que tenía los suyos muy abiertos, tan abiertos que parecía que nunca más iba a poder cerrarlos.

Los esqueletos se hallaban tendidos sobre losas de piedra, y junto a ellos se alineaba una gran cantidad de objetos diferentes: hachas, cuencos, vasos, lanzas, cuchillos, collares, arcos, flechas, pieles y también flores secas.

«No pueden hacerte daño. ¡Están todos muertos!», se repetía Paula insistentemente;

pero no acababa de encontrar los ánimos necesarios para continuar avanzando; tampoco Nan se movía.

De pronto Paula sintió un ardiente calor en los dedos: ¡la antorcha se estaba consumiendo y el fuego casi lamía su mano!

—¡Nan, Nan! –llamó en voz baja, pero él pareció no oírla, y Paula tuvo el tiempo justo para prender otra rama. Sintió un profundo escalofrío de horror al pensar que pudieran quedarse a oscuras allí dentro.

Tenían que darse prisa en salir. Pero Nan seguía inmóvil, con los ojos redondos y asustados fijos en algún punto perdido.

—¡Nan! –volvió a llamar Paula sin atreverse a levantar la voz–. El amuleto, tenemos que devolvérselo al viejo Nuk, para eso hemos venido. ¡Vamos, Nan! El viejo necesita su amuleto...

Por fin Nan comenzó a moverse hacia una de las losas de piedra, la única en la que no descansaba ningún esqueleto. Sobre ella se adivinaba un cuerpo humano cubierto con una amplia manta de piel, por debajo de la cual sobresalían unos pies calzados con sandalias de esparto.

Aquellos eran los pies de un hombre viejo. ¡Eran los pies del buen Nuk! Cuando Nan reparó en ellos, su miedo se convirtió en tristeza.

Las lágrimas comenzaron a correr por su rostro: recordaba muy bien el día en el que el viejo se puso por primera vez las sandalias. Sus ojos brillaban de alegría. «Fíjate, Nan, las he hecho yo, con estas viejas y torpes manos. Me han salido bien, ¿no te parece? Hasta creo que son mucho mejores que las que hacía cuando era joven», había dicho al enseñárselas.

«Son las mejores sandalias del poblado», había asegurado él.

—¡Pobre Nuk! –susurraba Nan marchando hacia el cuerpo cubierto del anciano.

Se hallaba ya muy cerca cuando sus pasos se detuvieron en seco. De nuevo volvía a sentir miedo: ¿Y si después de todo el espíritu del viejo estaba enojado con él? ¿Y si, cuando le devolviera el amuleto, escapaba de su cuerpo y lo primero que hacía era tomar venganza?

«El viejo Nuk nunca me haría daño, ni vivo ni muerto», se decía Nan, «¡nunca!». Pero de repente sus piernas se negaban a seguir avanzando. Fue entonces cuando sus ojos buscaron los de Paula, y aunque ella también sentía miedo, sus ojos le dieron los ánimos que necesitaba: «¡Adelante!, estamos juntos, no pasará nada. ¡Adelante!», le decía con la mirada mientras sus manos se unían.

Por fin llegaron junto al cuerpo de Nuk y por fin Nan soltó la mano de Paula y puso el amuleto sobre el pecho sin vida de su viejo amigo. Una profunda emoción se apoderó de su corazón: ¡Ya estaba! A partir de ese momento el espíritu de Nuk podría abandonar su cansado cuerpo para vivir en paz.

Fue precisamente entonces cuando les pareció oír aquel extraño y débil gemido y creyeron ver que Nuk comenzaba a moverse.

## 6 *El espíritu de Nuk*

Paula y Nan no podían apartar sus asustados y sorprendidos ojos del pecho del viejo Nuk. No había ninguna duda: ¡se movía! Subía y bajaba, bajaba y subía... Cada vez más rápidamente, como si su espíritu quisiera escapar de su cuerpo. Además, aquel débil gemido que habían creído oír se iba volviendo más claro y también más fuerte, hasta que llegó a convertirse en un extraño y largo lamento.

De pronto la manta de piel comenzó a agitarse con tanta violencia que parecía que iba a echar a volar. En ese momento las antorchas cayeron de las manos de los niños y ellos huyeron, espantados y a oscuras, hacia la salida. Tropezaban con las paredes; pero no se detenían porque el miedo los empujaba. Además algo o alguien los seguía, algo o alguien que corría tras ellos y cada vez se les aproximaba más...

A pesar de todo, consiguieron llegar a la salida sanos y salvos.

Fuera de la Casa de los Muertos brillaba el sol en un cielo azul y claro. El aire limpio y oloroso de la primavera les acarició suavemente la cara; pero continuaron corriendo hasta que sus piernas no resistieron más y tuvieron que dejarse caer sobre la hierba.

Se sentían tan agotados que durante algún tiempo no pudieron hacer otra cosa que intentar recuperar el aliento. Al fin Paula miró a Nan y le sonrió tratando de parecer animosa.

—¡Qué miedo he pasado! –reconoció con la respiración y la voz todavía agitadas.

Nan no le respondió.

—Aquí el espíritu de ese horrible viejo no puede alcanzarnos –dijo Paula, y enseguida añadió–: Y yo que no creía en los fantasmas...

—Pensaba que Nuk nunca me haría daño, ni vivo ni muerto; sin embargo su espíritu estaba tan enojado conmigo que escapó de su cuerpo para perseguirme –susurró tristemente Nan sin levantar los ojos del suelo.

Paula no sabía qué decir. Ni siquiera sabía qué pensar sobre lo ocurrido. Ella jamás creyó en fantasmas; pero había visto con toda claridad cómo el cuerpo de Nuk se movía, y, también muy claramente, había escuchado sus gemidos. No lo entendía, y, sin embargo, había sucedido... No podía ser, pero había sido...

Durante algún tiempo permaneció confusa y asombrada. Su mente era un conjunto de ideas sin sentido. Pero, a medida que se tranquilizaba, las dudas empezaron a asaltarle: ¿y si realmente no habían visto lo que creyeron ver?, ¿y si solo lo hubieran imaginado? Alguna vez había oído decir que el miedo podía llegar a hacer ver lo que no existía. A tal cosa se le llamaba tener alucinaciones... ¿Y si Nan y ella habían estado alucinados? ¿Podía ser que eso fuera lo que de verdad había sucedido?

Mientras Paula daba vueltas en su cabeza, Nan, que siempre creyó en los espíritus, se sentía más y más triste: Nuk, el bueno y amable Nuk, que tanto le quería... ¿Cómo era posible que, después de la muerte, su espíritu, antes tan dulce, se hubiera vuelto tan airado y vengativo?, se preguntaba con el alma llena de desconcierto y amargura.

Estaban los niños metidos cada cual en sus propios pensamientos cuando los sorprendió un larguísimo y espantoso grito, semejante a un aullido, que salía de la Casa de los Muertos. Sintieron que el corazón se les helaba y, pálidos de terror, se levantaron de un salto, dispuestos a comenzar a correr de nuevo; pero no llegaron a hacerlo...

«¿Qué extraño espíritu es este?», se preguntaron con la mirada. ¿Qué extraño espíritu que ya no gime ni aúlla sino ¡ladra! Sí, el espíritu sorprendentemente ladraba. Con suavidad y mansedumbre, como si los llamara.

Paula y Nan se volvieron asombrados hacia la Casa de los Muertos, y allí lo vieron: estaba en la entrada y meneaba el rabo mientras seguía ladrando para que no se alejaran.

—¡Es el perro del viejo! ¡Es el perrillo de

Nuk! ¡Desapareció justo después de su muerte! –exclamó Nan sin acabar de creer lo que veía.

Y de repente Paula comenzó a reír y a reír. Sin embargo Nan continuaba asombrado.

—Pero si es el perro de Nuk –repetía.

—Tenemos que volver a la Casa de los Muertos –dijo Paula de pronto sin dejar de reírse.

Nan la miró como si se hubiera vuelto loca: por nada del mundo volvería él a aquel lugar... Y ella, ¿por qué se reía de aquella forma?

—Pero ¿es que no lo entiendes? –preguntó Paula tirando de la mano del niño, arrastrándolo casi.

Lo único que Nan entendía era que el perrillo del viejo Nuk seguía a la entrada de la cueva, meneando el rabo y ladrando con infinita tristeza.

—Ven aquí, aquí conmigo –lo llamó desde lejos con voz amiga...; pero el perro no se movió.

—Está diciéndonos que su amo ha muerto

y que él no quiere abandonarlo –explicó Paula tirando una vez más de la mano de Nan.

Pero el niño se resistía a seguirla.

—El pobre está muy triste; no podemos dejarlo solo –insistió Paula, y entonces Nan la siguió, aunque muy lentamente. Tenía miedo, muchísimo miedo; sin embargo Paula parecía haberlo perdido por completo.

Nan la vio acercarse a la entrada de la Casa de los Muertos, y la oyó decirle al perro, con palabras cariñosas, que saliera porque su amo ya no lo necesitaba. Y también vio que, como el perrillo no salía, Paula se metió en la cueva y se sentó en el suelo al lado de la puerta. Entonces el perro le saltó a la falda y comenzó a lamerle las manos y la cara.

Nan estaba tan sorprendido y asustado que las palabras no le salían del cuerpo. Quería gritar y decirle a Paula que escapara de allí inmediatamente porque aunque el espíritu de Nuk solo estuviera enfadado con él, no estaba seguro de que no fuera a hacerle daño también a ella. El viejo Nuk había cambiado tanto después de su muerte...

Con pasos indecisos se fue aproximando a la Casa de los Muertos, con una mano apretaba el amuleto y con la otra hacía desesperados y extraños gestos a Paula para que abandonara la cueva lo más pronto posible.

Pero, al verlo, ella volvió a reír.

—¿Es que todavía no lo entiendes, Nan? Era él el que gemía, y no el espíritu de Nuk, y el que se revolvía debajo de la manta, y el que corría detrás de nosotros –dijo mientras continuaba acariciando al perro.

Los asustados ojos de Nan se abrieron de par en par.

—De verdad era él, solo era el perro, Nan. Cuando condujeron al viejo a la Casa de los Muertos, él siguió a los que lo traían, y, cuando se fueron, se metió debajo de la manta y se echó sobre el pecho de su dueño, seguramente para lamerle las manos, para darle calor o para tratar de despertarlo del extraño sueño en el que había caído –explicó Paula.

Nan movió la cabeza de un lado a otro

como si no acabara de creer lo que le estaba diciendo.

—¿No te acuerdas? Los pies de Nan estaban descubiertos y bastante separados, por allí se metería el perro. La manta es amplia y él es muy pequeño, se arrastraría sobre el cuerpo del viejo, con cuidado para no hacerle daño, hasta llegar a su pecho. Cuando has puesto el amuleto sobre el corazón de Nuk, el perro te ha sentido y ha gemido para pedirte ayuda, y, como no le has ayudado, ha aullado desesperado, y luego ha corrido detrás de nosotros para que no nos marcháramos.

Nan la miró desconcertado, y ella insistió:

—¿Aún no te das cuenta? El perro no quiere abandonar a su amo; pero tampoco quiere quedarse en la Casa de los Muertos. Lo único que quiere es que Nuk despierte y vuelva a casa. No lo abandonará, Nan... Tenemos que convencerlo, porque, si no lo hacemos, se morirá de hambre y tristeza –acabó diciendo Paula.

En los ojos oscuros de Nan aún había dudas; sin embargo, también había un algo de esperanza: pensaba que lo que Paula decía podía ser cierto, aunque también podía no serlo. Pero, si lo era, el espíritu de Nuk no estaba enojado con él ni se había vuelto malo y vengativo, ni tampoco lo había perseguido para hacerle daño.

Paula continuaba hablando:

—Tenemos que volver allí dentro, Nan... Quiero saber si lo que pienso es cierto. Necesito comprobarlo.

—¿Cómo podemos saberlo? –preguntó Nan con voz insegura.

—Si el perro estaba debajo de la manta, ahora esta tiene que haberse caído; estará en el suelo, o casi, porque él ha saltado para correr detrás de nosotros. Vamos dentro, Nan.

¿Volver dentro? Nan aún no estaba seguro de que esa fuese una buena idea. Pero Paula añadió:

—Además, si la manta se ha caído, también se habrá caído el amuleto, y sin él...

Entonces Nan sufrió un sobresalto: sin el amuleto, el espíritu del viejo Nuk no podría abandonar su cuerpo para vivir eternamente en paz.

Poco después sus manos hacían chocar las piedras de nuevo, una contra otra, para encender el fuego.

Otra vez recorrieron el oscuro y largo corredor iluminándose con antorchas encendidas. Ahora el perrillo del viejo Nuk saltaba delante de ellos, y de trecho en trecho se daba la vuelta para ver si lo seguían.

Los pasos de Paula eran firmes y tranquilos. Ya no tenía miedo, lo que ahora sentía era una emocionada curiosidad. Estaba verdaderamente ansiosa por comprobar si la manta que cubría al anciano seguía sobre su cuerpo.

Nan, en cambio, marchaba junto a ella con las piernas tan débiles como la primera vez y el corazón aún más agitado. «Por suerte tengo mi amuleto», pensaba, apretándolo con tanta fuerza que se hacía daño en la mano.

Cuando llegaron a la habitación circular que estaba al fondo del corredor, Paula ni siquiera vio los esqueletos que la rodeaban, lo único que vio fue que la manta de piel que antes cubría el cuerpo del viejo Nuk ahora estaba caída, y que también el amuleto de bronce se hallaba en el suelo.

Con ojos sonrientes, y también victoriosos, miró a Nan, y él, aunque no podía dejar de temblar, le devolvió la sonrisa.

El perrillo saltó a la losa de piedra sobre la que reposaba su buen amo y comenzó a lamerle las manos, con tanto cariño y suavidad que a Paula se le llenaron los ojos de lágrimas.

Nan, que también se había aproximado al anciano, ya no temblaba. Contemplando aquel rostro sereno, en el que no se apreciaba ni el más leve rastro de enfado o venganza, su miedo se fue convirtiendo en paz.

Después de algún tiempo Paula cogió en sus brazos al perrillo y comenzó a susurrarle palabras de consuelo. Él debió entendérselas, porque se acurrucó contra su pecho.

—Y ahora dejemos descansar al buen Nuk –dijo Paula, dirigiéndose tanto al niño como al perro.

Nan, entonces, recogió el amuleto del suelo

y lo puso entre los dedos de Nuk, arregló la manta sobre su cuerpo y se despidió para siempre de su viejo amigo. Después, lentamente, comenzó a marchar hacia la salida. En sus labios se dibujaba una triste, pero dulce sonrisa.

## 7 El perro de Nan

SALIERON en silencio de la Casa de los Muertos y, después de haber amontonado nuevamente las piedras de la entrada, comenzaron a marchar hacia el refugio secreto.

Paula continuaba acariciando al perrillo y Nan la seguía, aún como metido en sus pensamientos, con la dulce sonrisa abierta en los labios y una húmeda mirada en los ojos. Su corazón estaba tranquilo y él se sentía un niño nuevo. Era cierto que jamás volvería a ver a Nuk; pero el espíritu del buen viejo ya habría abandonado su cuerpo para ir a vivir en algún hermoso y desconocido lugar.

Además Nan ya no necesitaba ocultarse: si se cruzaba con alguien y le preguntaba por las cabras, diría sencillamente la verdad: se las cuidaba un amigo, y nada le importaba tampoco que vieran el nuevo y maravilloso amuleto que colgaba sobre su pecho. También podría decir la verdad sobre eso: perdió el suyo, y su amiga Paula le había regalado este otro porque ella tenía muchísimos, y además de todas clases. En cuanto al perrillo del viejo Nuk... Ah, en cuanto a eso diría una parte de la verdad: que lo había encontrado, asustado y triste, y que luego el animal los había seguido.

El perro, acurrucado en los brazos de Paula, gemía de cuando en cuando; pero a medida que se acercaban al refugio secreto sus ojos se fueron animando y su rabo comenzó a moverse.

—Parece que se alegra –sonrió Paula.

—Debe de ser que oye y huele a las cabras. Aún no hace mucho que el viejo Nuk tenía dos cabritas, madre e hija; pero, como no podía cuidarlas, acabó cambiándolas por una manta y una bolsa de piel –explicó Nan.

Apenas había terminado de hablar cuando el perro saltó de los brazos de Paula y corrió hacia el pequeño rebaño, brincando y haciendo fiestas. Después se acercó a lamer las manos del Guardián del Tiempo.

—Se ve que le gusta el pastoreo, y también se ve que ha tenido un buen amo, porque no teme a los hombres –dijo el anciano.

Nan comenzó a explicarle de quién era aquel perro y dónde y cómo lo habían encontrado. El Guardián del Tiempo escuchaba atentamente; pero Paula estaba segura de que no necesitaba que Nan le contara nada, porque él siempre sabía todo lo que ya había sucedido.

El perrillo, además de alegre, también estaba hambriento. Por eso se echó en el suelo y miró con cara de pedigüeño a Nan, a Paula y al anciano. Sus ojos iban de uno en otro y a los tres les movía el rabo. Pero como le parecía que no le comprendían o no le hacían demasiado caso, de poco en poco también les lloraba, aunque no en alto y con exigencia, sino en voz baja y muy mansamente, hasta que el Guardián del Tiempo se echó a reír y le dijo:

—No hace falta que sigas, que ya te entiendo.

Paula y Nan también lo habían entendido; pero no sabían cómo alimentarlo, puesto que nada podían ofrecerle.

—Las cabras tienen leche... –dijo el anciano.

—Pues no veo por aquí algo con qué recogerla –se lamentó Paula.

—Yo sí –dijo Nan alegremente y se aproximó a una de las hembras, la que tenía las ubres más llenas. Luego hizo un gesto a la niña para que también se acercara–. Pon las manos debajo, así, como si fueran un cuenco –dijo.

Comprendiendo su propósito, el perrillo se alzó rápido como una centella, con los ojos ansiosos y la boca hecha agua. En cuanto Nan comenzó a ordeñar y las primeras gotas de leche cayeron sobre las manos de Paula, ya estaba él lamiéndoselas.

Un buen rato estuvieron los tres empeñados en la tarea, hasta que el perro se tumbó completamente satisfecho. Parecía que estaba adormecido; pero permanecía atento, porque en cuanto una de las cabras se alejaba, él se levantaba y la traía de vuelta. Luego se acercaba a Nan, precisamente a Nan, y no a Paula o al Guardián del Tiempo, y lo miraba con ojos de cariño y las orejas altas, como preguntándole: «¿Lo he hecho bien?». Cuando el niño lo acariciaba, al perro se le alegraba el rabo, luego volvía a echarse, ponía la cabeza sobre las patas delanteras y continuaba vigilando.

—Me parece, Nan, que has encontrado un buen perro –dijo el Guardián del Tiempo.

—A mí me parece que el perro ha encontrado un buen amo –dijo Paula.

—Pues yo creo que, después de todo, este ha sido un día muy bueno para mí –dijo Nan mirando al anciano, a la niña y al perrillo. Por último, cogió el amuleto que colgaba de su cuello y también lo miró. Justo entonces un rayo de sol fue a dar sobre el escarabajo azul y Nan sonrió maravillado. Su sonrisa era tan luminosa y tan alegre que Paula pensó que nunca había conocido a ningún otro niño que pareciera tan feliz.

Qué distinto era aquel Nan del que, no mucho antes, había aparecido en el refugio secreto porque necesitaba estar solo...

Pero Nan se sentía inquieto; sin embargo, ahora la causa de su inquietud no era el miedo o la tristeza, sino la gran impaciencia que tenía por volver al poblado. Deseaba que Paula y el anciano volvieran con él para que todos los conocieran y supieran que eran sus amigos. También quería que vieran el amuleto de extraño metal de color de cielo y que supieran que el perro del viejo Nuk era ahora su perro.

Estaba completamente seguro de que todos se sorprenderían y disfrutaba imaginando el gran recibimiento que iban a tener. Deseaba tanto el regreso que no pudo evitar ponerse en marcha mucho antes que otros días. Si su madre o su padre le preguntaban que por qué había recogido las cabras tan temprano, les diría que no estaba bien dejar a aquellos dos cansados viajeros en pleno campo sin atenderlos como ellos merecían.

En cuanto Nan se levantó de la roca en la que estaban sentados, el perro se alzó también y se apresuró a reunir a las cabras. Cuando el niño y sus dos amigos comenzaron a caminar, el perrillo ladró al rebaño.

Una sola vez, aunque con energía, como diciendo «¡Vamos!». Las cabras no rechistaron y se pusieron en marcha.

—¡Bien hecho! –dijo Nan, y el perro movió otra vez el rabo, orgulloso y agradecido.

El poblado no estaba a mucha distancia del refugio secreto, a menos de un kilómetro, calculó Paula. Desde lejos no era otra cosa que un puñado de casitas pequeñas. Estaban muy juntas las unas de las otras, y en todas debía haber un buen fuego encendido, porque una columna de humo se elevaba por encima de cada techo. En la distancia no había ninguna otra señal de vida, ni se oía nada ni se veía a nadie.

«A lo mejor tendríamos que haber regresado un poco más tarde», comenzó a pensar Nan. «Ahora cada uno estará ocupado con sus cosas. Los hombres todavía andarán fuera, unos cazando o pescando y otros talando árboles en el bosque. Los muchachos aún permanecerán en el monte con las cabras, y las mujeres y las muchachas molerán el grano o harán tortas para la comida.»

Todo esto lo pensaba el niño con cierto

disgusto, como si de pronto temiera que su aparición en el poblado no fuera a tener el glorioso recibimiento que tanto deseaba.

«Aunque de todas formas», continuó pensando, «mi madre y mi hermana sí se asombrarán de vernos y dejarán lo que estén haciendo para recibirnos y escucharnos. Y cuando oigan lo que tengo que decirles, seguro que llaman a todas las vecinas... Incluso puede ser que, antes de que ellas nos vean, nos descubran algunos de los niños y dejen los juegos, y quizá hasta alguien se dé cuenta de que el perro que marcha con las cabras era del viejo Nuk y ahora es mío, y también verán que dos viajeros me acompañan... Y si un rayo de sol va a dar sobre mi amuleto y este comienza a brillar como antes ha brillado, los niños darán gritos de asombro, porque nadie en el poblado ni tiene ni ha visto un amuleto parecido... Después de todo, a lo mejor hay alboroto en el poblado cuando lleguemos... y luego, al regresar los hombres volverá a haberlo, porque los niños y las mujeres querrán contarles quiénes son los viajeros, y también lo de mi amuleto y lo del perro... Pues sí, me parece que no ha sido tan mala idea volver a casa pronto», acabó por pensar Nan, sintiéndose cada vez más contento.

## 8  En el poblado

TAMBIÉN de cerca el poblado en el que vivía Nan únicamente era un puñado de casitas, más bien chozas. Todas tenían un zócalo
de piedra, las paredes de barro y el tejado de
ramas. Delante de cada puerta ardía un fuego, que estaba protegido por un círculo de
piedras.

En una especie de plazoleta jugaban tranquilamente unos pocos niños, que casi enseguida cayeron en la cuenta de que el perro
que marchaba junto al rebaño de Nan era el
del viejo Nuk. Pero no fue porque ellos pres-
taran demasiada atención a los que llegaban,
sino porque el animal se detuvo ante una de
las chozas y aulló, tan alta y tristemente, que
los niños dejaron sus juegos y, después de
contemplarlo en silencio, rompieron a gritar
asombrados:

—¡Es el perro de Nuk!

—¡Es el perro del viejo!

—¡Ha vuelto!

—¡Y llora ante su casa!

Nan corrió hacia el perrillo y lo hizo callar a fuerza de caricias.

El perro, pasado el primer momento de tristeza, debió de recordar que tenía un nuevo amo, porque le lamió las manos y corrió, moviendo el rabo, hacia las cabras, que ya iban derechitas y solas hacia el pequeño cercado en el que Nan las encerraba cada tarde.

Los gritos de los niños aumentaron:

—¡El perro de Nuk es ahora el perro de Nan!

—¿Dónde lo has encontrado, Nan?

Nan no contestó enseguida. No podía: estaba tan contento que primero tenía que sonreír, y su sonrisa fue tan ancha que le llevó algún tiempo borrarla de su boca.

—Lo encontré... Lo encontramos –corrigió señalando a Paula– junto a la Casa de los Muertos –explicó con los ojos brillantes de satisfacción.

—¿Y qué hacías tú junto a la Casa de los Muertos?

—Bah... nada, cosas mías... Cosas nuestras –volvió a corregir mirando de nuevo a Paula.

Paula sonrió a los niños y ellos la miraron con curiosidad, advirtiendo entonces que, además del perro del viejo, también había dos viajeros en el poblado, lo que siempre era un verdadero acontecimiento.

—Vienen de lejos, de muy lejos –aclaró Nan– y ella me ha dado este amuleto –añadió alzando orgullosamente el escarabajo que colgaba de su cuello.

Los ojos pasmados de los niños parecían ir a escapar de sus órbitas contemplando aquel maravilloso objeto que brillaba al sol con reflejos azules.

Pero aún no habían terminado de asombrarse:

—Tiene muchos. Mirad este, es un amuleto de dedo, de un metal suave y extraño –exclamó Nan tomando la mano de Paula y enseñándoles los anillos de plástico rojo.

¡Un amuleto de dedo! ¡Y además de un metal suave y extraño! Los niños no podían

creerlo; pero Paula les permitió que lo tocaran.

Entonces estallaron los gritos nuevamente, y, atropellándose, corrieron en busca de sus madres.

—¡Nan tiene un amuleto nuevo...!

—¡Está hecho de metal y es del color del cielo...!

—¡En el poblado hay dos viajeros, una niña y un viejo!

—¡La niña tiene un amuleto de dedo!

—¡Sí, y es de un metal extraño!

—¡Y suave...!

Las madres no entendían del todo lo que sus hijos les decían, por eso salieron de sus casas, tan precipitadamente que algunas aún tenían en las manos las piedras de moler grano o los cuencos de barro en los que estaban haciendo tortas de harina o sopas de cereal.

Las mujeres se asombraron tanto como los niños. Por todo: por la vuelta del perro del viejo Nuk, por la llegada de los viajeros, y por aquellos extraños y maravillosos amuletos que nunca antes habían visto.

Más tarde, cuando regresaron los hombres

al poblado, nadie hizo caso de la caza, la pesca o la leña que traían. Todos se empeñaban en hablarles a gritos, mientras hacían gestos y señalaban a Paula y al anciano Guardián del Tiempo.

Nan corrió junto a su padre y lo llevó aparte. Sus ojos brillaban casi tanto como su nuevo amuleto.

—¡Es mío! –dijo mostrándoselo orgulloso, y después, sin que él se hubiera repuesto de la sorpresa, casi lo arrastró al cercado de las cabras.

—¡Ven conmigo...! Ya verás, ven conmigo –decía con voz impaciente y excitada.

El perrillo del viejo Nuk, viéndolos aproximarse, les salió al encuentro saltando y moviendo el rabo.

—¡También es mío! –exclamó el chico–. Él me ha elegido y ahora soy su nuevo dueño. Paula y el anciano han dicho que el perro y yo hemos tenido suerte.

—¿Paula y el anciano? –preguntó el padre sin saber de quiénes hablaba. Entonces Nan lo tomó de nuevo de la mano y lo condujo, gozoso, hasta donde estaban sus amigos.

—Han llegado de muy lejos, de mucho más allá de las montañas... El anciano lo sabe todo y Paula me ha regalado el amuleto –explicó mientras tiraba de su mano.

Las gentes del poblado de Nan solían acoger a los viajeros generosa y amablemente, compartiendo con ellos cuanto tenían. A cambio solo les pedían algunas noticias de aquellos lejanos y desconocidos lugares de los que llegaban.

Aquel día también compartieron con Paula y el anciano Guardián del Tiempo sus pobres alimentos: tortas de harina, leche, gachas, algo de pescado y carne de ciervo.

Fue una alegre reunión, sobre todo para Nan. El niño contemplaba entusiasmado a las gentes de su pueblo, que miraban, con los ojos brillantes de admiración, al Guardián del Tiempo: ¡Cuántas cosas sabía aquel anciano...! ¡Cuántos lugares distintos había visitado...!

En cambio, Paula no se sentía tan contenta, ya que tuvo que pasarse la mayor parte del tiempo haciendo grandes esfuerzos para que nadie advirtiera lo mucho que le costaba

tragar aquellos alimentos, que le parecían in-
sípidos o mal asados.

Después de la comida, los mayores siguie-
ron de charla; pero los niños se levantaron
y corrieron en desbandada, persiguiéndose y
gritando. Sin embargo, Nan y Paula no se
unieron a ellos.

—¡Ven conmigo! –dijo misteriosamente
Nan al oído de Paula mientras la apartaba
del grupo.

## 9  *El secreto de Nan*

Nan guardaba un secreto que, hasta ese momento, no había querido compartir. Temía que, si se lo confiaba a uno de sus amigos, todos los demás acabarían sabiéndolo. Entonces, ¡adiós secreto!, porque sus amigos querrían ir constantemente a ver lo que a él tanto le gustaba contemplar. Alborotarían e incluso llegarían a toquetear algo... pero el secreto de Nan no debía tocarse, y, además, debía ser contemplado en silencio.

Por otra parte, si los niños lo descubrían, los mayores terminarían por descubrirlo también. Nan tampoco se fiaba demasiado de la gente grande; también los grandes podían ser alborotadores y entrometidos, y, lo que era peor, les encantaba dar órdenes y decir siempre la última palabra. Seguro que esta vez dirían que el lugar en el que estaba escondido era demasiado alto y peligroso para un niño, y, al final, se quedarían ellos con lo que él había descubierto.

Pero Paula era distinta a todos sus amigos y a todas las otras personas que conocía. Ella sabría guardar su secreto y apreciarlo, estaba seguro. Por otra parte, era valiente y decidida y tenía un maravilloso y extraño amuleto de dedo para protegerla en caso de peligro.

En esto pensaba Nan cuando la apartó del grupo y susurró al oído de Paula: «Ven conmigo».

—¿Adónde? –preguntó ella con los ojos brillantes de curiosidad.

—Primero a mi casa, a coger varias teas, grandes y bien untadas de grasa, y luego... ya lo verás –le respondió Nan.

Después de recoger las teas, se dirigieron, deprisa y en silencio, hacia ciertas montañas rocosas que se divisaban a espaldas del poblado. No estaban muy lejos, aunque tampoco muy cerca. «A unos quinientos o seiscientos metros», pensó Paula cuando se acercaban a sus faldas.

Aunque no demasiado altos, aquellos montes eran bastante escarpados.

Nan se detenía de poco en poco: «¡Cuidado!», decía, o «¡Pon el pie en esa roca! ¡No, no, en esa no!».

Paula protestaba riendo:

—¿Es que crees que no puedo cuidar de mí misma? ¿Te figuras que es la primera vez que subo a un monte?

Nan no decía nada; pero continuaba vigilando los pasos de Paula, y eso a ella le divertía, aunque también le molestaba un poco.

De pronto Nan se detuvo y, apartando unos matorrales, dejó al descubierto la negra entrada de lo que parecía una cueva.

—¡Es mi secreto! –exclamó el niño, y luego añadió–: Ahora también es tu secreto. Nunca lo he compartido con nadie; pero sé que sabrás guardarlo.

El corazón de Paula comenzó a latir con emoción, no solo porque estaban a punto de iniciar una nueva aventura, sino también porque Nan confiaba en ella más que en ninguna otra persona.

Al principio la cueva no tenía nada de extraordinario. Era oscura, húmeda, estrecha y no muy alta. Paula se sentía algo agobiada; pero a medida que avanzaban, la gruta se iba volviendo más amplia.

De repente Nan alzó su antorcha y, con voz solemne y baja, como si estuvieran en un museo o en una iglesia, exclamó:

—¡Mira!

Paula también levantó su antorcha y ahogó un grito de asombro.

En silencio, porque hay sentimientos que no pueden expresarse con palabras, contempló la sorprendente figura del ciervo que estaba pintada en una de las paredes de la cueva.

Nan la miraba gozoso, disfrutando de la sorprendida emoción que ella sentía. Tras unos segundos de pausa, dirigió la luz hacia la pared opuesta.

—¡Dios mío...! –susurró Paula mientras sus maravillados ojos se detenían en las pinturas de dos ciervas y un cervatillo.

Y no era solo eso: también había cabras salvajes, un pequeño rebaño pintado pastaba tranquilamente en las paredes de piedra de la cueva.

¡Y manos!, manos humanas, abiertas y bien dibujadas, que se alzaban como pidiendo ayuda...

Durante algún tiempo Paula no hizo más que ir de una pared a otra. ¡Qué hermosas eran aquellas pinturas! No tenían demasiados colores: blancos, negros, rojos y amarillentos, sobre todo rojos y amarillentos; pero estaban tan bien trazadas y eran tan reales...

Nan contemplaba las pinturas, contemplaba a Paula y sonreía. Ya sabía que iban a gustarle, y le sucedía lo mismo que a él, que no podía dejar de mirarlas, y para mirarlas necesitaba silencio.

Y el silencio fue largo, largo y emocionado, hasta que por fin Paula susurró:

—¿Quién las ha hecho?

—No lo sé –respondió Nan sin elevar la voz.

—¿Alguien de tu poblado?

—No, en mi poblado no saben que existe la cueva, ya te lo he dicho. Además, en mi

poblado no hay nadie que pinte de esta manera.

Paula recordó que en la Casa de los Muertos también había pinturas en las paredes; algunas representaban al sol y a la luna, otras a hombres y mujeres; pero eran bastante más simples y sencillas, ni mucho menos llegaban a ser tan realistas como aquellas.

—Lo que más me gusta es que parecen de verdad –dijo Nan, y comenzó a marchar hacia la salida.

—Espera un poco –suplicó Paula.

—Las teas humean demasiado, mis ojos lloran sin que yo pueda evitarlo, y en la garganta siento un picor molesto –dijo Nan.

Solo entonces Paula advirtió que en la cueva el ambiente estaba enrarecido. Tenía razón Nan, aquellas teas humeaban demasiado, sus ojos lagrimeaban y su garganta también se resentía. Necesitaba respirar aires nuevos.

A plena luz del sol, Paula y Nan se miraban, todavía en silencio, con ojos brillantes de alegría.

—¡Gracias, Nan! Gracias por haberme traído a este lugar –exclamó Paula por fin.

—¡Es un secreto! Nuestro secreto –recordó Nan.

—¡Nuestro maravilloso secreto! –repitió Paula mientras ponía una mano sobre su corazón.

Con ese gesto estaba prometiendo que nunca lo revelaría, nunca, a nadie, sucediese lo que sucediese.

Nan le contestó con otro gesto: un suave movimiento de cabeza, para decirle que estaba completamente seguro de eso.

Después volvieron a entenderse sin palabras: los dos tenían mucha prisa por regresar a la gruta.

Mientras Nan encendía un nuevo fuego, Paula contemplaba la entrada de la cueva, que estaba casi completamente cubierta de matorrales. Pensaba que, por suerte, nadie podía imaginar las maravillas que ocultaba. Y de repente, sus ojos se detuvieron en una roca pequeña que se hallaba como encajada entre otras dos mucho mayores.

—¿Qué es eso?– preguntó señalando a cierta figurilla con cuernos que representaba, o pretendía representar, a una cabra. Junto a ella había otra figura, todavía más tosca, que guardaba cierta semejanza con una persona. Ninguna de las dos estaba pintada, sino tallada en la piedra.

Nan alzó los ojos un momento y enseguida volvió a bajarlos:

—Fui yo –dijo el niño con cierta vergüenza–. Esa es una de mis cabras. Y la otra figura...

Paula rió cariñosamente:

—¿La otra figura eres tú?

—Sí, soy yo –reconoció Nan tímidamente–. Las hice con la punta de un viejo cuchillo de caza.

Paula volvió a reír.

—No te burles –dijo un poquito enojado.

—Si no me burlo... –protestó Paula, y verdaderamente no se burlaba.

Pero el fuego estaba encendido, de modo que se apresuraron a entrar en la cueva.

Paula se preguntaba, nuevamente admirada, quién sería la persona que hizo aquellas pinturas. ¿De dónde habría llegado? ¿En qué momento? ¿Las habría hecho solo por gusto o por alguna otra causa? Fuera como fuera, allí seguían ciervos y cabras, y Nan y ella podían contemplarlas y disfrutar de su belleza.

De pronto, el hondo silencio de la cueva se hizo pedazos y, en unos segundos, la paz de que los niños gozaban se convirtió en inquietud: ¿Qué era aquel sordo sonido? ¿A quién podría pertenecer la ruidosa y agitada respiración que oían a sus espaldas?

## 10 *El visitante*

Paula y Nan se volvieron, sorprendidos y atemorizados, y vieron, con espanto, que un enorme oso pardo los miraba amenazadoramente. Sus ojos parecían dos ascuas de ira y sus afiladas y terribles zarpas se tendían furiosas hacia ellos.

No se encontraba a más de veinte o treinta pasos y estaba claramente decidido a continuar avanzando. Pasados los primeros momentos de estupor, Nan corrió a ponerse delante de Paula y, agitando la antorcha, gritó lo más alto que pudo:

—¡Atrás! ¡Vamos, atrás!

El oso se detuvo, pero no retrocedió.

—¡Atrás! –continuaba gritando Nan.

Paula fue a colocarse a su lado, aunque él se empeñaba en cubrirla con su cuerpo, y también agitó su antorcha y gritó los peores

94

insultos que se le ocurrieron. Por supuesto estaba asustada; pero esperaba que aquel terrible animal llegara a pensar que tenía delante a dos extraños locos que, aunque no muy grandes, podían ser peligrosos.

Algo sí que retrocedió el oso, aunque seguramente a causa de aquellas dos antorchas encendidas que se movían ante él, y no porque le impresionaran en lo más mínimo los temblorosos gritos de dos niños asustados.

A pesar de eso, Paula y Nan continuaban gritando, porque no se les ocurría otra cosa. Ninguno de los dos podía dejar de pensar que, si agitaban demasiado las antorchas, quizá el fuego pudiera llegar a apagarse. También temían que el aire volviera a enrarecerse y sus ojos lagrimearan de nuevo. Por todo eso necesitaban arrojar al oso de la cueva, como fuera, y lo más pronto posible.

De repente Paula comenzó a dar unos rápidos y grandes saltos. Nan la miró un momento perplejo; pero enseguida comprendió lo que ella pretendía y saltó también.

En las paredes, sus sombras se alargaban y se encogían, y las sombras de las antorchas parecían oscuras y humeantes bocas de dragones enfurecidos.

El sorprendido oso empezó a retroceder más deprisa, mucho más deprisa.

Nan avanzó hacia él tratando de arrinconarlo contra una de las paredes. Pensaba que, de esa forma, quizá Paula pudiera huir sin demasiado peligro.

—¡Pronto, sal, Paula! –gritó.

Pero de ninguna forma estaba ella dispuesta a dejarlo solo. Lo que hizo, una vez más, fue ir a ponerse a su lado... y continuar saltando. Saltando, agachándose, agachándose y saltando.

La cueva se convirtió en un extraño escenario de danza: sombras moviéndose en las paredes, en el techo, en el suelo...

El oso giraba la mirada de arriba abajo, de abajo arriba, de izquierda a derecha y de derecha a izquierda, y mientras tanto continuaba retrocediendo.

Los ojos de Paula y Nan se encendieron con brillos de esperanza y triunfo; ya no estaban muy lejos de la salida, incluso podían distinguir algo de la luz que les llegaba desde el exterior.

Sin embargo, el aire se enrarecía otra vez, los dos lagrimeaban de nuevo y les costaba trabajo seguir gritando. Además el espeso humo les impedía ver claramente y, poco a poco, comenzaba a borrar las sombras del techo y las paredes...

El oso parecía estar menos asombrado, y, aunque continuaba retrocediendo, ya no se daba tantas prisas en hacerlo.

—¡Vete, Paula, vete! –suplicaba Nan.

—¡Vete tú, Nan! –respondió Paula.

—¡¡Vete!! –ordenó Nan desesperado, advirtiendo que el fuego de su antorcha se consumía.

Paula ni siquiera le contestó, lo que hizo fue procurar gritar y saltar con mayores fuerzas. De pronto tropezó y cayó. Se levantó enseguida; sin embargo, su antorcha se había apagado.

Le invadió una oleada de angustia; pero todavía no se rindió, muy por el contrario, avanzó hacia el oso, a cuerpo descubierto, moviendo las manos y gritando con tanta ira como si, en vez de estar aterrada, estuviera furiosa; como si, en vez de ser una niña, fuera la más imponente de las fieras.

—¡Estás loca! –gimió Nan, agitando su antorcha con tal violencia que su fuego también se apagó.

Durante unos segundos la oscuridad y el silencio fueron casi absolutos en la cueva; pero muy pronto el oso comenzó a rugir.

Paula y Nan unieron sus manos mientras trataban, inútilmente, de encontrar alguna idea que pudiera ayudarles.

No se atrevían ni a respirar para no atraer la atención del oso. La débil luminosidad que les llegaba desde fuera apenas si les permitía distinguir otra cosa que su silueta; pero si ellos no conseguían verlo bien a él, seguramente él tampoco conseguiría verlos bien a ellos, o al menos eso esperaban.

De todas formas los dos sabían que no podían permanecer así durante demasiado tiempo. El animal estaba cada vez más enfurecido y lo más probable era que acabara atacando a ciegas... ¿Qué sucedería entonces?

¿A cuál de ellos apresaría? ¿Los destrozaría a los dos?

—¿No hay ninguna grieta en las paredes de la cueva o algún hueco en el fondo? –preguntó Paula al oído de Nan.

No los había, ni grietas ni huecos en los que ocultarse; Nan conocía bien la gruta.

—¿Qué podemos hacer? –preguntó Paula.

Nan no le respondió; pero una idea se iba abriendo paso en su mente. Era una idea aterradora, cuyo solo pensamiento le estremecía; sin embargo no se le ocurría ninguna otra.

Se trataba de ir a echarse directamente en los brazos del animal, de esa forma el oso se olvidaría de Paula; pero hacer tal cosa significaba una muerte segura.

Estaba procurando hallar las fuerzas necesarias para llevarla a cabo cuando, inesperadamente, el oso dejó de gruñir.

Durante unos segundos el silencio volvió a ser completo. Nan y Paula unieron sus manos con más fuerza. «¿Qué irá a suceder?», se preguntaban desconcertados. De pronto oyeron que el animal se daba la vuelta y corría hacia la salida. Parecía imposible, pero el oso huía.

¿Qué podía ser lo que le había asustado? ¿La oscuridad, el silencio o las dos cosas juntas?

Quizá hubiera llegado a creer que realmente también ellos eran seres peligrosos.

Era muy extraño; pero, de una manera u otra, se había marchado.

Paula y Nan suspiraron con alivio y enseguida respiraron profundamente aunque el aire de la cueva ya era casi irrespirable.

—¡Se ha ido! ¡El bicharraco se ha ido! ¡Lo hemos asustado! –reía Paula.

—Parece imposible, pero así ha sido, y nosotros también debemos irnos –se extrañó Nan y, marchando hacia la salida, añadió–: Tendremos que salir con cuidado, no sea que esté ahí fuera, esperándonos.

—¡Bah!, se alejaría al vernos –volvió a reír Paula.

Justamente entonces oyeron el más espantoso y extraño de los sonidos.

Era un rugido estremecedor, mucho más estremecedor que cualquier otro que hasta entonces hubieran escuchado: un largo y sordo rumor se extendía por el fondo de la cueva. Era como si debajo de ellos acabara de despertar algún enorme dragón, o como si se hubiera desbordado un río a sus pies. Casi enseguida las paredes de la cueva crujieron, y algunas de las rocas comenzaron a desprenderse de ella.

—¡Corre, Paula, corre! ¡La Tierra está enojada! –gritó Nan.

## 11 ¿Dónde estás, Nan?

Paula huyó enloquecida hacia la luz y después continuó huyendo monte abajo. Detrás de ella oía el estruendo que producían las rocas al desprenderse y chocar unas contra otras.

Cuando al fin la tierra recobró la calma, se encontró tumbada sobre la hierba, con la mente confusa y el corazón aterrado.

Su primer pensamiento fue para Nan:

—¡Nan! –llamó levantándose de un salto.

—¡Nan! –gritó, buscándolo con la vista.

Como no vio a nadie y nadie le respondió, corrió de un lado a otro, sintiendo que una mano de hierro oprimía su corazón.

—¡Naaan! ¡Naaan! ¡Naaan! –continuó gritando; pero el silencio fue su única respuesta.

Una idea angustiosa iba y venía en su mente: ¿Y si Nan no había podido salir de la cueva? ¿Y si aún seguía allí dentro, herido, o quizá...? ¡No! Muerto no, Nan no podía estar muerto...

Tenía que volver a la gruta inmediatamente.

—¡Nan! –llamaba corriendo monte arriba.

—¡Nan! –repetía el eco.

A Paula le parecía extraño oír el sonido de su voz en el profundo silencio de la montaña. Unos minutos antes el estruendo era impresionante, parecía que el silencio se había roto para siempre y que los montes iban a venirse abajo. Pero la calma había vuelto y todo era como antes de que temblara la tierra. Hasta los pájaros cantaban de nuevo; sin embargo, Nan no estaba junto a ella.

—¡Nan! –gritó una vez más mientras apartaba arbustos, tratando de encontrar la entrada de la cueva. Tampoco en eso parecía tener ningún éxito. ¡La cueva! ¿Dónde estaba aquella gruta?... No muy lejos, desde luego; pero ¿dónde? Subió un poco más, bajó otro tanto, se desplazó a la izquierda y luego a la derecha... ¡La cueva no estaba en ninguna parte! Con manos enloquecidas continuaba apartando ramajes y arbustos, ¡todos!, incluso los muy pequeños, incluso los demasiado grandes.

«Tienes que calmarte, Paula. Vamos, ¡piensa!», se dijo, y luego, procurando permanecer lo más serena posible, volvió a hacer lo que ya había hecho: subir, bajar, mirar a un lado y a otro, destrozar arbustos... Todo fue inútil...

Una nueva idea, aún más terrible que la anterior, comenzó a martillear su mente: ¿Y si la cueva se hubiera hundido? ¿Y si una enorme piedra hubiera cubierto su entrada? Entonces, Nan... Si Nan estuviera muerto... Pero no podía pensar en eso, ni siquiera podía, su mente lo rechazaba.

—¡Naaan! –gritó, desesperada, una vez más.

El silencio que siguió fue tan hondo y tan completo que Paula sintió una punzada de dolor en el pecho.

—¡Nan, Nan...! –comenzó a susurrar mientras las lágrimas corrían por sus mejillas.

De pronto una pequeña esperanza se abrió paso en su corazón: Podía ser que, cuando salió de la cueva, Nan hubiera corrido directamente hacia su poblado; después de todo, allí estaban sus gentes y su familia. Pero enseguida rechazó ese pensamiento: Nan no se habría ido sin ella, nunca la hubiera dejado sola; estaba completamente segura.

Y tenía razón, porque Nan continuaba en el monte; pero se hallaba en una profunda grieta que el terremoto había abierto entre las rocas.

Durante algunos minutos perdió el conocimiento, y cuando lo recuperó, estaba tan aturdido que no sabía dónde se encontraba ni qué era lo que había pasado. Su primer pensamiento lúcido fue para Paula.

Pensando en ella, trató de levantarse; pero no pudo conseguirlo: estaba mareado y le dolía tanto la cabeza...

—¡Paula! –llamó con el corazón angustiado, primero con un hilo de voz, y luego, poco a poco, con mayor fuerza–: ¡¡Paulaaa!! ¡¡Paulaaa!!

Fue el eco y fue el silencio los que hicieron llegar su voz hasta Paula.

Cuando ella escuchó su nombre, la alegría

estalló de golpe en su interior, y gritó también, llorando y riendo: «¡Naaan! ¡Naaan!», mientras corría monte abajo.

Su alegría se convirtió en sobresalto y miedo al descubrirlo, ensangrentado, en el fondo de una aguda y estrecha grieta.

Sin embargo, Nan no tenía más que una herida superficial en la cabeza, y no le costó demasiado ayudarle a salir del hueco en el que se hallaba.

—¡Qué miedo he pasado! Pensaba que podías estar sepultado en el interior de la gruta... Te he buscado y no he podido encontrarte, tampoco he podido encontrar la entrada de la cueva... Creo que ha desaparecido; pero eso ahora no importa, lo importante es que tú estás aquí... –decía Paula atropelladamente mientras sus manos trataban de limpiar, con la mayor suavidad posible, la sangre que corría por la cara de su amigo.

Nan sonreía y se dejaba mimar. También él había temido tanto por ella...

—¿Te duele mucho? –se inquietó Paula.

Nan negó con la cabeza y continuó sonriendo. No, no le dolía el corte del cuero cabelludo, ni las muchas magulladuras que tenía en el cuerpo, y si algo le dolía, no le importaba. Lo único importante era que Paula estaba junto a él, sana y salva.

Durante unos pocos minutos no pensaron en ninguna otra cosa que en la alegría de haberse encontrado; pero de pronto Paula advirtió que el brillo de los ojos de Nan se apagaba y que sus labios y sus manos comenzaban a temblar mientras que una intensa palidez iba cubriendo su cara.

—¿Qué te sucede? ¿Te sientes mal? Dime, ¿qué te pasa, Nan? –preguntó asustada.

—Mi casa y mi poblado, Paula –susurró Nan–. Seguramente también allí la tierra ha temblado. ¿Qué habrá sido de mi padre, de mi madre y de mis hermanos? Y ¿cómo estarán los otros niños? ¿Y los viejos? ¿Y las mujeres preñadas? Tengo que ir enseguida.

Paula comprendía la inquietud de Nan; también ella se sentía inquieta.

—¡Vamos! –dijo alargando su mano para ayudarle a caminar.

Juntos se pusieron en marcha inmediatamente. Al principio caminaban muy despacio porque Nan aún se sentía mareado; pero no tardó mucho en recuperarse y pudieron marchar más deprisa. Poco después corrían cogidos de la mano.

—Estarán todos bien, lo mismo que nosotros. Ya lo verás, Nan –decía Paula de trecho en trecho.

Nan suspiraba.

—Espero que todos tuvieran sus amuletos –decía apretando el suyo contra su pecho; pero no podía evitar que el miedo ensombreciera aún más sus oscuros ojos: Quizá alguien hubiera muerto, a pesar de los amuletos... Tal vez uno de los niños. Los más pequeños solían ser muy atolondrados, y cuando se asustaban, corrían sin mirar hacia dónde iban. O un anciano, a veces los ancianos eran como los niños...

—¡Corre, Paula, corre! –suplicaba sin darse cuenta de que ya corrían.

Pero de pronto los pasos de los dos amigos se detuvieron en mitad del camino: alguien se acercaba. ¡Era el Guardián del Tiempo! Caminaba con lentitud y tranquilidad, y les hacía señas para que se calmaran.

—¡Lo ves! –exclamó Paula jubilosa–. No ha sucedido nada, ya te lo había dicho. No puede haber sucedido, porque en tal caso el anciano no marcharía sosegadamente.

Eso parecía razonable, de modo que Nan dio un salto de alegría, besó su amuleto y sonrió a Paula.

# 12 *Adiós*

—TODOS están bien, nadie ha muerto... Ni siquiera hay heridos –dijo el anciano, aún desde lejos.

Los ojos de Nan brillaron de emoción.

—Pero te necesitan, Nan, y además están inquietos por ti –añadió en cuanto se encontraron.

—¿Y las cabras? ¿Y el poblado? ¿Cómo está el poblado? ¿Se han derrumbado las casas? –preguntó Nan.

—En el poblado se han producido daños, aunque no de mucha importancia. Hay que arreglar paredes y techos... En cuanto a las cabras, siguen todas vivas.

—Si nadie ha muerto y hasta las cabras están bien, no importa cuánto haya que trabajar –dijo Nan sin un titubeo.

—Vamos entonces al poblado. Vayamos

deprisa, ya que hay tanto que trabajar –exclamó Paula.

—Tú y yo no debemos ir. Es a Nan a quien necesitan, Paula –dijo el anciano.

La ancha sonrisa que acababa de abrirse en los labios de Nan se convirtió en una mueca de tristeza y los alegres ojos de Paula se oscurecieron por completo.

—Ella quiere quedarse –susurró el niño con voz dolorida.

—La gente de tu poblado disfruta agasajando a los visitantes, Nan, y ahora no podrían –explicó el Guardián del Tiempo.

—Pero ya nos agasajaron antes –protestó Paula.

—Vinimos solo de visita, Paula –insistió el anciano–. De verdad, no nos necesitan. Cada uno hace las cosas a su manera, seríamos más un estorbo que una ayuda.

La niña bajó la cabeza entristecida; pero entendía que el Guardián del Tiempo tenía razón.

—Nunca te olvidaré, Nan –dijo mirando con cariño a los ojos del niño.

—Nunca me lo quitaré –susurró Nan apretando el escarabajo azul contra su pecho.

—Adiós –comenzó a decir Paula, pero su voz se quebró.

—Anda, apresúrate, en tu poblado te esperan –dijo el anciano a Nan; pero él no se movió–. Marcha ya, las despedidas son muy tristes –añadió el Guardián del Tiempo.

—Adiós –susurró Nan, y como el dolor que sentía dentro de su pecho le apretaba demasiado, comenzó a correr de regreso a casa. Las lágrimas se deslizaban por sus mejillas sin que él hiciera nada para contenerlas.

Paula y el anciano Guardián del Tiempo marcharon, lenta y tristemente, en dirección contraria.

Apenas habían recorrido veinte o treinta metros cuando la niña detuvo sus pasos y se dio la vuelta. Nan también se había detenido y la contemplaba desde lejos.

Los dos levantaron la mano al mismo tiempo.

Durante largo rato Paula y el anciano con-

tinuaron marchando en silencio, hasta que por fin él dijo:

—Verdaderamente el de hoy ha sido un día muy agitado, y también muy emocionante.

—Pero ha terminado demasiado pronto –susurró Paula.

—Los momentos felices y los días hermosos siempre pasan demasiado deprisa.

Nuevamente se hizo el silencio entre ellos; pero Paula no tardó en romperlo:

—Nan es mi amigo verdadero, uno de mis mejores amigos... Quizá eso parezca extraño, porque hemos estado muy poco tiempo juntos; pero es así –dijo con voz ronca y amarga, aunque también firme.

—No hace falta mucho tiempo para encontrar un buen amigo.

—Me enseñó un lugar maravilloso –continuó diciendo Paula; pero de pronto recordó que aquel era su secreto y puso una mano sobre sus labios.

—Un maravilloso lugar que ahora ha desaparecido –dijo el anciano continuando sus palabras–. Una gran roca desprendida ha cubierto la entrada de la cueva; nadie volverá a ver las figuras pintadas que había en las paredes, Nan y tú fuisteis los últimos.

Paula miró al anciano Guardián del Tiempo con ojos de asombro, olvidando, aunque solo durante unos instantes, que él sabía todo lo que ya había sucedido, incluso si se trataba del más grande de los secretos.

El anciano sonrió:

—Eran pinturas muy hermosas... y gozasteis mucho Nan y tú contemplándolas juntos, ¿no es cierto...?

Paula afirmó con la cabeza, y después de una corta y triste pausa preguntó:

—¿Quién hizo esas pinturas? ¿Fue un viajero? ¿Llegó de muy lejos?

—No fue ningún viajero. Las hicieron no una, sino varias personas, que vivían aquí, justamente aquí.

—Pero Nan dijo que en su poblado no había nadie que pudiera pintar de esa manera tan realista –se extrañó Paula.

—Y tenía razón, los que pintaron ciervos, cabras y manos alzadas vivieron aquí mismo, sí; pero mucho antes que Nan, como unos diez mil años antes.

Paula se quedó sin habla y casi sin respiración:

—¡Diez mil años antes! –exclamó asombrada.

El Guardián del Tiempo sonrió y continuó hablando:

—Era un pequeño grupo de hombres y mujeres que se alimentaba de lo que cazaba o pescaba, y, además, de algunos frutos que encontraba en árboles y arbustos. Aquellas personas no cultivaban los campos ni tenían poblados fijos. Iban de un lado a otro, persiguiendo la caza, y se refugiaban donde podían: en cabañas de ramas o en chozas de palos cubiertas de pieles que, a veces, situaban a la entrada de las cuevas.

Por supuesto no conocían la cerámica ni habían domesticado a ningún animal. Eran gentes muy primitivas; pero veían el mismo sol y la misma luna que Nan y tú veis, oían el rumor del mismo río y pisaban la misma tierra que vosotros pisáis.

—¿Cómo podían pintar tan maravillosamente si eran tan primitivos? —se asombró Paula.

—Desde que los hombres son hombres, existen los artistas, Paula. Pero, además, las gentes del Paleolítico necesitaban cazar para vivir, y por eso...

—¿Del Paleolítico? —preguntó la niña sin saber qué quería decir el anciano.

—Sí, del Paleolítico. El Paleolítico fue una larguísima época en la que todos los instrumentos eran de piedra, de piedra bastante tosca —explicó el anciano, y después añadió—: Entonces pintar era una forma de rezar.

Paula lo miró con extrañeza.

—De rezar —repitió el anciano—, de pedir a los dioses en los que creían que les ayudaran a conseguir la caza de la que se alimentaban. Por eso pintaban con tanto realismo y perfección. Querían estar bien seguros de que los dioses entendieran con total claridad qué era lo que ellos necesitaban y pedían.

Luego, cuando los hombres y las mujeres aprendieron a cultivar la tierra y a cuidar de sus propios animales, la caza ya no fue tan importante, y por ello tampoco era necesario tomarse el trabajo de hacer pinturas con tanta perfección. De todas formas, nunca hubo demasiados artistas, ni entonces ni ahora –acabó diciendo el anciano.

Paula sonrió: pensaba en los grabados que Nan había hecho en aquella piedra pequeña que estaba a la entrada de la cueva. No había duda de que él no era ningún artista.

Pensando nuevamente en Nan, continuó la niña su camino hasta que, de pronto, se detuvo sorprendida: ¿qué era aquella extraña y enorme construcción? Cuando Nan y ella fueron y regresaron de la Casa de los Muertos, no estaba allí; sin embargo, creía haberla visto antes... Era, ¿qué era...?

Casi enseguida hizo otro descubrimiento: ya no estaba vestida con pieles, sino con vaqueros, zapatillas de deporte y jersey de cuello alto.

Poco a poco las ideas se fueron aclarando en su mente y comprendió que lo que tenía delante era un castillo, el viejo castillo de siempre, aquel que estaba solo a unos trescientos metros de su refugio secreto: el Guardián del Tiempo la había hecho vivir en el pasado, y ya estaba de vuelta. Acababa de regresar al año 2000 y, curiosamente, se sentía muy triste.

Qué lejos se hallaba ahora de su amigo Nan y, sin embargo, qué cercano lo tenía en sus recuerdos. ¡Con cuánta claridad podía ver en su mente la piel morena del niño y el brillo de sus ojos oscuros...!

«Ojalá hubiéramos podido vivir en el mismo tiempo. Habríamos jugado y corrido aventuras y nos hubiéramos divertido tanto... A los dos nos gustan las mismas cosas y tenemos un carácter tan parecido... Hubiéramos hablado durante horas enteras, o estado horas enteras juntos y en silencio. Habríamos compartido nuestros secretos», pensaba Paula sintiéndose invadida por la tristeza.

El anciano Guardián del Tiempo interrumpió sus pensamientos:

—Nan llegó a ser un hombre justo y bueno, y muy útil para su poblado. No te olvidó nunca, Paula, y siempre llevó sobre su pecho el escarabajo azul que tú le diste –dijo con voz suave y cariñosa.

Paula bajó los ojos.

—A mí, en cambio, no me queda nada que fuera suyo.

—Ven conmigo, tengo que enseñarte algo –añadió el anciano, con voz y sonrisa misteriosas, mientras se aproximaban al castillo.

Cuando Paula contempló lo que el Guardián del Tiempo le estaba mostrando, tuvo que cruzar las manos sobre el corazón para calmar sus emocionados y rápidos latidos. A primera vista no era otra cosa que una piedra más, de las muchas que formaban los zócalos del castillo; pero, observándola con atención, se descubrían en ella los toscos grabados de lo que parecían ser una cabra y un monigote. Aunque el paso del tiempo los había desgastado, Paula los reconoció al instante.

—¡Es la piedra de Nan! –exclamó con un hilo de voz.

—Es la piedra de Nan. El terremoto la arrastró monte abajo, y mucho después, cuando construyeron el castillo, alguien la trajo hasta aquí –explicó el anciano.

Paula se dejó caer junto al zócalo del castillo y comenzó a acariciar, dulce y suavemente, aquella piedra que, cuatro mil quinientos años antes, habían tocado los dedos de su amigo Nan.

Durante unos minutos se olvidó por completo del Guardián del Tiempo, hasta que él dijo:

—Y ahora, también nosotros debemos separarnos.

—¿Por qué? ¿Por qué tenemos que dejar a las personas que queremos? –preguntó ella alzando tristemente la cabeza.

—Así es la vida, Paula... Sin embargo, cuando un amigo se marcha, casi siempre aparece otro amigo.

—¿Volveremos a vernos? –preguntó Paula sin dejar de acariciar la piedra.

—Seguramente –respondió el anciano. Luego hizo un cariñoso gesto de adiós y desapareció de la misma forma que antes apareciera, de pronto y sin hacer ruido.

Unos instantes después Paula se hallaba sola, sentada junto al viejo castillo. Había olvidado todo lo sucedido y no sabía por qué estaba allí. Debía de haberse quedado dormida. Sí, le parecía haber soñado. «Tuvo que ser un sueño bonito», pensó mientras se sentía invadida por una extraña y profunda dulzura.

Lo que no entendía era cómo había aparecido junto al castillo. «Qué raro, lo último que recuerdo es que yo estaba en el refugio», se dijo extrañada.

De pronto advirtió que sus dedos acariciaban una piedra del zócalo del castillo. Tampoco supo explicarse por qué lo hacían, era algo instintivo, como si sus dedos tuvieran vida propia. Justo entonces cayó en la cuenta de que había perdido la cadena de plata y el escarabajo azul. Puso todo su empeño en encontrarla, pero no lo consiguió.

# Índice

*Si te ha gustado este libro, también te gustarán:*

## ¡*Estás despedida!*, de Rachel Flynn

El Barco de Vapor (Serie Naranja), núm. 149

Aunque Edward disfrutaba de una vida estupenda, justo aquel lunes por la mañana se sentía un poco fastidiado. Los calcetines no estaban en el cajón acostumbrado, nadie le había calentado la leche del desayuno... La verdad es que su madre no estaba haciendo su trabajo como debía.

## *Completamente embrujado*, de Christian Bieniek

El Barco de Vapor (Serie Naranja), núm. 151

A Florián le encanta hacer juegos de magia; lo que pasa es que no le salen muy bien. Pero su hermana Julia no para de crisparle los nervios, tanto que al chico le dan ganas de transformarla en un conejo. Y, de repente, Julia desaparece y entra en escena un conejo con unos gustos parecidísimos a los de Julia...

## *Paula y el rey niño*, de Concha López Narváez y Rafael Salmerón

El Barco de Vapor (Serie Naranja), núm. 155

Una mañana, en su refugio secreto del encinar, Paula se topó con un ser extrañísimo. Era muy viejo y vestía una especie de túnica que llegaba hasta el borde de sus sandalias. Según le dijo a la niña, era el Guardián del Tiempo y podía recordar incluso lo sucedido miles de años antes. Con su ayuda, Paula descubrió qué había en aquel encinar y en el castillo cercano nada menos que ocho siglos atrás.

¡Déjate caer por fueradeclase.com un portal para gente como tú!